Relatos en un reloj de arena (I)

e-DitARX
PUBLICACIONES DIGITALES

ISBN 978-84-941758-1-7

Depósito Legal: CS 446-2014

Índice

Prólogo de la editorial

Con *Relatos en un reloj de arena (I y II)*, iniciamos nuestra Colección Miscelánea, la cual surgió con el objetivo de agrupar publicaciones relacionadas con la Historia y el Patrimonio Cultural, haciendo especial hincapié en obras literarias que proporcionen al lector un acercamiento al pasado y a este rico patrimonio que, a veces, por desconocido y poco valorado, acaba siendo destruido y olvidado.

El I Certamen de relatos breves de ficción histórica nació con este claro propósito, y ha sido para nosotros un gran alegría recibir un centenar de relatos de escritores que comparten nuestra forma de sentir la historia. Ellos nos han acercado a hechos y personajes históricos, en ocasiones cercanos y a veces desconocidos o extraños para nosotros, combinando realidad y fantasía, pero siempre sorprendentes y originales.

Por todo ello y desde estas páginas, queremos dar las gracias a todos los autores que nos enviaron sus relatos porque, sin su amor por la Escritura y la Historia, nuestro proyecto no tendría sentido. Por último, queremos dar las gracias a nuestro equipo de colaboradores externos que han asumido la difícil tarea de evaluar cada uno de los relatos recibidos y a todos aquellos amigos que nos han apoyado en este complejo proyecto llamado e-DitARX Publicaciones Digitales.

El hombre de Castelnuovo

Jose Luis Molinero Navazo

—¿Cómo ocurrió?

«Sabía que doña María de Cottanes haría la pregunta. Lo sabía desde que logramos escapar de Constantinopla, y llegó a mi cabeza la promesa realizada seis años atrás a un hombre a punto de morir. Toda viuda tiene derecho a saber cómo murió su marido. Y yo estaba allí para contarlo.

»La mujer gira la cabeza para mirar a los niños pequeños que observan expectantes mi triste figura al otro lado de la mesa de roble. Apenas llevo unos minutos allí. La viuda ha tenido la deferencia de preguntar por mi salud sin mencionar mi estancia en las prisiones infieles y el tiempo que pasé de galeote, obviando las marcas que el látigo dejó sobre mi espalda. Es una mujer educada y aleccionada sobre lo que se debe preguntar, o no, a quién ha sido prisionero del turco. Me pregunto si conoce que desde mi regreso sólo abandono mi casa, en la que estoy bajo los cuidados de mi madre, para acudir a misa. Imagino que, algo habrá escuchado sobre mi persona, a pesar de que vivo en otra ciudad».

—Fue rápido. Estaba sobre su caballo dando ánimos a los pocos defensores que quedábamos, y una descarga de arcabuz le rompió el corazón antes de caer al suelo.

«Contesto con la sensación de que debo añadir algo más. Quizá porque no puedo contar a esa familia que el maestre de campo don Francisco Sarmiento, actuó como jefe del tercio, en lugar de como marido y padre de los niños que miran con interés. Omito decir que tres flechas ensartaban su cuerpo, cuando clavó sus ojos en los míos, y me hizo prometer la visita a su familia. A continuación espoleó su caballo contra el grupo de jenízaros con cascos emplumados y colores brillantes en sus trajes, que en ese momento entraban en la plaza por un callejón. Su muerte dio unos valiosos segundos a los supervivientes del tercio que nos replegábamos hacia la última defensa de Castelnuovo.

»Cojo el vaso de arcilla para beber agua. No tengo sed, pero espero que el movimiento disimule que mientras mi jefe moría como un héroe, yo pensaba en el pobre caballo lanzado hacia la muerte obedeciendo a su jinete.

»Noto las tres miradas sobre mí. Tengo que decir algo más».

—Ni siquiera se dio cuenta de su muerte. Dios fue generoso con un hombre valiente, y por ese motivo le regaló esa forma de morir.

«Pronuncio las palabras sin tener muy claro si van a servir para algo a los tres seres que miran con interés. Recuerdo que al verlo caer rodeado de jenízaros, me pregunté si nosotros éramos algo más que caballos para el emperador Carlos. Nunca podré comentar este pensamiento en voz alta, porque sé que el simple hecho de plantearlo me avergüenza como antiguo soldado, como siervo de su majestad cesárea, y como cristiano viejo».

***

«El ruido es ensordecedor. Los cañonazos que desde el día 1 de agosto los turcos disparan sin parar son peligrosos, pero fáciles de asumir. Pero es más duro escuchar el sonido de miles de gargantas otomanas buscando nuestra sangre. Esto nos acelera el corazón».

—Tranquilos, aún no. ¡Esperad!

«El alférez Gutiérrez nos hace un gesto tranquilizador con la mano mientras habla. Estamos agachados sobre el adarve de las murallas. Protegidos por los merlones que reconstruimos cuando conquistamos la ciudad el año anterior».

—¡Ahora!

«Todos nos levantamos a la vez, apoyando el arcabuz sobre el pretil de la muralla. La imagen ante mis ojos me hace temblar. Miles de hombres vestidos con todo tipo de colores se acercan corriendo hacia los restos de las murallas que estamos defendiendo.

»Colocamos el arma entre los protectores merlones. Esperamos en silencio».

—¡Muchachos! Tenemos suerte. Sólo son aspirantes a chusma. ¡Fuego!

«Gutiérrez es un buen jefe. Nos está diciendo que los atacantes son "soldados de Alá", no los temibles jenízaros. En cualquier caso, en circunstancias más favorables para nosotros, serían futuros esclavos domados a base de látigo, y encadenados a una galera. Todos sabemos que ese será nuestro futuro si logran tomar la ciudad.

»Apuntamos y disparamos con la certeza de que es imposible fallar el blanco cuando los atacantes se arremolinan frente a una brecha en la muralla. Luego entregamos el arma al compañero herido que sentado al lado de cada combatiente recarga el arcabuz o la ballesta como puede. A los heridos sólo les vale la victoria, si la ciudad cae serán rematados sin tener la opción de ser galeote. Es la Ley de la guerra que todos practicamos, y aceptamos».

***

—Me alegró que pudiera usted recuperar su libertad.

«Me gusta la voz de la mujer. Tiene una suavidad intrínseca que relaja a quién la escucha. Pero no tengo claro qué debo responder. Contra más tiempo transcurre desde mi escapada, más increíble me resulta haberlo conseguido después de seis años de cautiverio. Cada noche doy las gracias al creador, y me humillo a sus pies al recordar cómo un grupo de prisioneros-esclavos nos hicimos con un barco y llegamos hasta las costas de Sicilia.

»Doña María de Cottanes no pestañea. Me permito observar el rostro de una mujer extremadamente delgada que debió ser agraciado, pero que en aquel momento aparecía surcado de profundas arrugas y oscuras ojeras. Sus hijos Francisca y Antonio, están al otro lado de la gruesa mesa de madera pulida que denota la existencia de mejores momentos económicos para la familia. Falta el hijo mayor que ya está sirviendo a Dios nuestro señor, y al emperador en su incansable lucha contra los infieles. Años después conoceré que los dos hijos varones morirán luchando contra el turco; mientras que Francisca, la niña cohibida que mira mi presencia con más expectación que miedo, acabará de monja en el monasterio de Santa

María la Real de las Huelgas en Burgos. Circunstancia que no la exonerará de cargar con todas las deudas contraídas por su padre en el servicio al emperador. Nunca acabaré de entender el funcionamiento de un imperio que obliga a endeudarse a los generales que sólo pretenden pagar a sus soldados.

»Mirando a la mujer y a sus hijos, no puedo evitar preguntarme cuál fue el pecado de don Francisco Sarmiento para que la providencia le impidiera disfrutar de una familia como aquella. Quizá, ser un buen vasallo, o convencernos a todos de la necesidad de morir defendiendo unas murallas en las que nunca debimos estar. Yo soy uno de los veinticinco hombres que logró regresar a España, pero allí murieron más de tres mil españoles del tercio; ciento cincuenta jinetes al mando de Lázaro de Corón; Juan de Urrés con sus veinte artilleros que movían las piezas a puntos estratégicos de la ciudad consiguiendo detener numerosas acometidas turcas. Sin obviar el esfuerzo de los caballeros y auxiliares griegos de Andres Escrápula olvidados por la historia y los poemas, de la misma manera que en los teatros cantan lo ocurrido en las Termópilas recordando sólo a los trescientos espartanos.

»Todos murieron sirviendo a Dios y a su majestad cesárea».

—¿Qué ocurrió?

«La pregunta de doña María de Cottanes me ha sorprendido. Esperaba el "cómo", pero ahora no sé qué puedo responder. En realidad, desconozco a qué se refiere: a la desaparición en 1538 de la Santa Alianza contra los otomanos, disuelta cuando el Emperador Carlos se negó a entregar la plaza de Castelnuovo a los venecianos. No sé si mi señor el emperador Carlos incumplió un compromiso pactado, pero los rumores de taberna y jarrillo de vino aguado, dicen que su majestad cesárea pretendía utilizar la plaza cómo cabeza de puente para reconquistar Bizancio. Espero que no sea cierto, pero si lo es, debería haberlo pensado bien para no dejar a cuatro mil leales servidores rodeados de enemigos».

**

—¡Muchachos! Nos unimos a la «fiesta», los compañeros nos necesitan.

«La voz de Gutiérrez resuena en nuestros oídos. Intercambiamos miradas pensando lo mismo. Todos temíamos esa orden porque la "fiesta" es un matadero, pero sabemos que no hay más opción que ayudar, como otros harán con nosotros más tarde.

»Miro hacia la brecha que los vizcaínos de Machín de Monguía taponan combatiendo con pica, espada y escudo. Nosotros apoyamos disparando desde lo alto de la muralla a los turcos con la certeza de que es imposible fallar, pero a pesar de nuestros disparos, la masa de atacantes es tan enorme que nuestros compañeros no aguantarán mucho más. Hay que relevarlos».

**

«Veo un brillo inteligente en la mirada de doña María de Cottanes que ha percibido mi duda. Me gusta ese detalle. Quizá porque es una de las pocas personas en todo el reino que tiene derecho a preguntar».

—Me refiero al asedio y caída de Castelnuovo en 1539. —Aclara la viuda de don Francisco Sarmiento—. Aquí llegaron todo tipo de comentarios.

«Me pregunto qué podría contestar sin ofender a los muertos, o a los vivos que aún permanecen esclavos, la mayoría de ellos surcando el mediterráneo como galeotes en barcos otomanos. Castelnuovo fue una tragedia porque murieron fieles servidores del emperador, y un número incontable de infieles. De estos últimos cayeron ocho o diez veces más que de los nuestros. En realidad, recuerdo haber sentido pena, durante un segundo no más, por los desgraciados que gritaban mientras corrían hacia las brechas abiertas por su potente artillería. Mal armados, mal vestidos, mal mandados y casi sin armas, morían ante nuestras picas y espadas como si fueran mosquitos. Las primeras veces nos atacaban espoleados por el ansia y la necesidad de botín, aunque no dudo que también lo hicieran por su Dios, pero a partir del cuarto o quinto día de asedio era el látigo el argumento que utilizaban sus oficiales para hacerlos avanzar. Barbarroja los utilizaba para cansarnos las primeras horas de combate. Sólo cuando ya habíamos matado unos miles de esos desgraciados, el jefe turco mandaba a los jenízaros. Éstos atacaban y morían como profesionales. Llegaban a las murallas imbuidos de un orgullo tan innecesario como el nuestro, que les incitaba a morir sin pensar.

»Miro a la mujer y a sus hijos, pienso que podrían tener un padre si la junta de capitanes hubiera aceptado la generosa propuesta de Barbarroja: un salvoconducto para llegar a Italia con banderas, nuestras armas personales y veinte ducados por cabeza. El infiel sólo pedía que dejáramos cañones y pólvora en la ciudad, como si realmente hubiéramos podido mover ese material. Al regresar he escuchado que los oficiales no aceptaron la propuesta por la existencia de un compromiso anterior de proteger a los habitantes de la ciudad, que hubieran caído en manos infieles. Sólo un estúpido desconocedor de cómo funciona la guerra en el siglo XVI podría decir eso. Los civiles se encerraron con permiso del propio maestre don Francisco Sarmiento en una semifortaleza de la parte baja de la ciudad, que fue respetada por los turcos. Tanto nosotros como los infieles sabíamos que a la población se le exprime, pero ni se mata, ni esclaviza cuando su trabajo aporta impuestos.

»Nadie nos preguntó, pero muchos de nosotros nunca hubiéramos aceptado las condiciones de Barbarroja porque teníamos el honor mancillado. Unos años atrás nos habíamos amotinado después de llevar medio año sin cobrar, sin mandar dinero a casa; y fuimos castigados con la disolución de la compañías. Ningún oficial nos preguntó sobre la propuesta del infiel, pero en julio de 1539 muchos pensábamos que el honor era importante en la vida. Aceptar la rendición significaba asumir ante toda la cristiandad que estábamos allí por dinero, lo cual era cierto, pero no sólo luchamos por este motivo. Nadie nos podía recriminar pretender comer todos los días y querer salir vivos de la ratonera en la que estábamos. En aquel momento desconocíamos que seríamos héroes anónimos, y como tales pronto olvidados. Pero a veces me pregunto qué opinarán del honor las mujeres e hijos de los hombres que nunca regresaron».

***

«Nuestros gritos alertan a los vizcaínos que abandonan el combate en la brecha, a la vez que sorprenden a los infieles que no pueden creer que todavía podamos enviar refuerzos a los cristianos que taponan la muralla ante la que han muerto tantos de los suyos. Los turcos combaten pisando los cadáveres de sus compañeros caídos. Eso es bueno para nosotros porque dificulta su avance.

»Nos lanzamos con las picas por delante y el escudo en el brazo izquierdo contra la brecha, que apenas unos segundos antes taponaban nuestros compañeros, y que vemos cubiertos de sangre de los infieles servidores de Barbarroja».

—¡Por Santiago, por San Jorge y por todos los santos que nos ayudan a cortar las hombrías a estos infieles con cuernos de cabra!

«Podría parecer que las palabras del alférez a nuestra espalda no sirven para nada, pero todos somos veteranos, y tenemos claro que indican que no estamos solos. Que a nuestra espalda está el relevo que nos sustituirá, y nos llevará a la enfermería si somos heridos.

»Combatir en las brechas abiertas en la muralla es lo más duro del sitio.

»De pronto veo los ojos de quien sabe que va a morir en el rostro moreno del turco cuyo pecho atravieso con mi pica. Este pensamiento me despista, y a dos metros de mí, el desgraciado que marchaba detrás agarra mi arma con su mano izquierda con la intención de inmovilizarla. Avanza hacía mí sin soltar la pica con un grueso cuchillo curvo en la mano derecha. Pero no sólo me protege mi escudo. Veo la sorpresa en su cara cuando asoma sobre mi hombro derecho la pica del compañero que está detrás de mí, y que no duda en atravesar la garganta del turco. Me alegro porque estamos tan juntos, que ni siquiera tengo espacio para sacar mi espada».

—¡Parecen mantequilla! —Dice una voz detrás de mí.

—Sí. —Admito al dueño de la pica que me ha salvado, sin dejar de mirar a la media docena de enemigos que se acercan de frente, pisando los cuerpos ensangrentados de sus compañeros. Se agarran entre ellos para no resbalar con la sangre y las vísceras que inundan el lugar.

—Nos envían a estos desgraciados como si fueran hormigas que tuviéramos que pisar. —Responde el compañero a mi espalda, lanzando otra vez la pica hacia delante. Su arma golpea el hombro de un infiel, que como casi todos sus compañeros nos atacan sin armadura ni zapatos.

»Esquivo con el escudo la flecha de un turco que se acerca a morir con el arco preparado, y le clavo la pica en el estómago, sacándola con rapidez. Veo que se retuerce al caer. No oigo su grito, pero me parece notar su dolor, antes de hacer frente al siguiente enemigo».

***

»Las paredes de la estancia están desnudas. He pedido un vaso de agua, aunque doña María me dio la posibilidad de un refrigerio con más substancia. En realidad me apetecía un vaso de vino caliente porque la estancia es fría, pero no pretendo hacer gasto.

»Me centro en explicar brevemente cómo se llegó al sitio».

—Después de la conquista de Túnez en 1535, el emperador nuestro señor, su hermano el archiduque Fernando de Austria, el papa Pablo III, y la república de Venecia formaron una gran alianza contra el turco.

Se decía que la mayoría de nosotros acabaríamos en el cielo por participar en la reconquista de Bizancio para la cristiandad. Incluso había discusiones sobre cuál sería el nombre que le pondrían a la ciudad.

«Acerqué el vaso de cerámica a mi boca para beber un poco. Estoy preparado para hablar, pero en realidad deseo salir de aquella casa».

—Sí, pero y los hombres, ¿cómo combatieron al infiel? —Pregunta sorprendiendo a su madre, y a mí, el más joven de los Sarmiento, y futuro caído en combate por el emperador.

«Me hubiera gustado cumplir con aquel niño. Decir lo que su inocencia quería oír sobre héroes y gestas sin sangre, sin dolor, sin la rabia de la derrota y sin esclavitud. Pero estoy cansado del interés acomodaticio hacía la denominada "Gesta de los Mártires de Castelnuovo". El sitio fue un infierno para todos que me esfuerzo en olvidar. Bastante tengo con mis fantasmas nocturnos, como para recrear el interés de vivir aventuras de un niño. Aunque su padre mereciera todos mis respetos como jefe».

***

—Ricardo, ten cuidado y agacha la cabeza si no quieres perderla. Acabo de ver humo en uno de sus cañones.

«Isidro lo dice sin soltar el arcabuz caliente después de tantos disparos. Han reventado algunas de nuestras armas de fuego, pero ninguna de las fabricadas en Toledo y Plasencia. Nos aplastamos en el suelo de la barbacana esperando el sonido que produce el proyectil de los cañones turcos al chocar contra las murallas que nos protegen, con la secreta esperanza de que no afecte a nuestra zona. Las murallas no están preparadas para recibir el bombardeo de una artillería que parece no cansarse de machacarnos con proyectiles de piedra de cien kilos de peso. Hace unos días presencié la conversación de varios señores oficiales sobre los cambios que se producirán en la guerra por culpa de la artillería. Sin duda que decían verdad, porque las murallas están casi deshechas».

—Ha habido suerte. ¿Tú has rezado?

«Isidro pregunta lo mismo después de cada disparo».

—Esta vez no me ha dado tiempo.

—No te preocupes, que ya rezo yo por los dos —dice poniéndose poco a poco de pie, mientras se santigua dando gracias a Dios porque nuestro lienzo de muralla no ha recibido el cañonazo, y pidiendo perdón por haber deseado que el proyectil golpease otro lugar lleno de cristianos.

—Ricardo, lo sabía. El tiro se les ha quedado corto. Desde aquí veo el polvo que ha levantado la piedra al chocar contra el suelo.

«No veo necesario contestar que yo también he reconocido el agradable ruido que hace la bola de piedra contra la tierra. Los cañones son armas temibles, pero los de grueso calibre son difíciles de controlar. En los días que llevamos de asedio a los turcos se les han reventado cinco. El viejo alférez don Diego de León, el más veterano de toda la compañía, dice que eso ocurre cuando los artilleros no calculan bien la cantidad de pólvora para cada disparo. El oficial obvia añadir que también influye que llevan disparando sin descanso desde el día 1 de agosto».

—Ha sido el viento —afirma Isidro rotundo.

«Yo no contesto porque me trae sin cuidado el motivo de que el proyectil no golpease las murallas, pero me inclino a pensar que sus artilleros calculan la carga de pólvora por defecto, para evitar que reviente el tubo recalentado por el uso».

***

«La viuda del maestre Sarmiento reprende a su hijo pequeño con la mirada. Me gustaría decirle que no se preocupe, porque todos los niños son iguales. Y que sobre aquellas piedras había hombres que nos apuntamos a la aventura de servir al emperador, dejando atrás las lágrimas de nuestras madres y el silencio, no exento de orgullo, de nuestros padres. Que los hombres que murieron eran veteranos experimentados, y que después de tantos sufrimientos acumulados, ninguno se merecía acabar despanzurrado sobre aquellas piedras por una bala de cañón. El bombardeo bajaba nuestra moral. Estoy convencido que si el día 4 de agosto Barbarroja hubiera repetido la propuesta de rendición, todos hubiéramos aceptado. En esta fecha el honor estaba lavado con la sangre de nuestros caídos, por la mortandad hecha al turco y con el sufrimiento acumulado en nuestros cuerpos. Era algo que nadie decía en voz alta, pero que todos pensábamos.

»Don Francisco Sarmiento nos reunió para contarnos que encargó al capitán Alcocer regresar a España para presentar al emperador nuestras necesidades de socorro, y que envió al capitán don Pedro de Sotomayor a reclamar la palabra que don Ferrante de Gonzaga, a la sazón virrey de Sicilia, le hizo de auxiliarle en caso de problemas con el turco en aquella plaza. Promesa dada el año anterior cuando nos dejó en la ciudad recién conquistada para la cristiandad. Una voz anónima de entre nosotros responde con sorna que son dos hombres menos para la carnicería. Todos nos reímos ante el comentario. Somos humanos, y estoy convencido que a todos nos invade una sensación de envidia hacia dos hombres que tendrán a salvo su honor, y la vida».

—¿Qué Luis? ¿Cómo va el asunto? —Pregunta Isidro al herido que en ese momento esta comiendo un trozo de caballo cocido. «Ningún asedio es bueno, pero en Castelnuovo el clima es bueno; en los combates cuerpo a cuerpo siempre ganamos porque ellos ni siquiera tienen zapatos, y cuando logran entrar en la ciudad, la experiencia nos permite recibir a los infieles con fuego concentrado de arcabuz y ballesta; la comida no escasea; de hecho, estamos comiendo la abundante caballería que teníamos; hasta de mujeres estuvimos compensados los primeros días, porque la población civil de la ciudad se ha concentrado en el castillo de abajo, y de vez en cuando visitábamos a las trabajadoras del lupanar».

—Bien, estoy bien. Podría ser peor —responde Luis de Cáncela mirando al cuerpo cubierto con un capote viejo que había junto a él, y que los auxiliares turcos que cogimos prisioneros al inicio del asedio se llevan a los pocos minutos.

«Los veo alejarse con el cuerpo de un compañero, y me cuesta creer que esos infieles cumplan con su palabra de ayudar en la enfermería a cambio de su vida. Es verdad que para evitar malas tentaciones, el maestre ordenó que siempre hubiera seis hombres del tercio de guardia, pero a todos nos sorprende su lealtad a cambio de la vida. Sobre todo porque si sus compañeros de fe logran entrar en la ciudad, probablemente los verán como cobardes desertores en lugar de prisioneros, que en circunstancias más favorables para la causa cristiana acabarían sus vidas remando en nuestras galeras».

—¿Cómo ha ido hoy?

«Luis pregunta lo mismo todos los días, y nosotros le mentimos como siempre: los cañonazos turcos continúan pero apenas hacen heridos; cuando los infieles asaltan, nosotros les matamos; y se les ha reventado otro cañón matando a sus servidores. Desde el primer día que Luis entró en aquella pequeña ermita convertida en enfermería, situada en el centro de la ciudad, Isidro y yo decidimos decirle sólo cosas buenas. Bastante tenía con los dolores debidos a la pierna amputada, para amargarle lo poco que le quedaba de existencia. Don Alonso de Sevilla, viejo cirujano de los tercios de quien se dice que aprendió el oficio en Italia junto al gran capitán Gonzalo Fernández de Córdoba, nos dijo que le habían cortado la pierna demasiado tarde, y la gangrena se extendía por el resto del cuerpo. Le miro y me pregunto si sabrá que está condenado».

✳✳✳

—No se preocupe usted doña María, es un niño, y a todos los niños les gusta conocer los hechos de armas de su padre.

«Continúo mirando al hijo menor de don Francisco Sarmiento, pero tengo la sensación de que hablo para mí mismo. Quizá porque necesito recordar para superar y asumir la parte de mi vida que me impide vivir».

—El día 12 de junio, una patrulla de arcabuceros localizó el desembarco de un grupo de turcos. Los esperábamos desde principios de mes, cuando la escuadra turca taponó el golfo de Cátaro, donde estaba la ciudad, e hizo imposible nuestro auxilio por mar.

«Vuelvo a beber agua. Noto la garganta seca. Me alegro de que no sea vino caliente».

—Cuando el maestre se enteró, les atacamos con tres compañías y la caballería de don Lázaro de Corón. Fue un éxito. Los obligamos a reembarcar sin apenas bajas por nuestra parte. Lo mejor fue que esa misma tarde volvieron a desembarcar para intentar sorprendernos en celebraciones. Esta vez les estábamos esperando más de seiscientos hombres en un bosque cercano con ganas de demostrarles que venderíamos cara la piel. En realidad, Álvaro de Mendoza, uno de los oficiales que nos mandaba en ese momento, dejó las cosas muy claras: la única forma de evitar el sitio de la plaza era demostrar a los infieles que morirían muchos antes de conseguir la victoria. Luego había que ir a degüello; sólo el miedo podría desbaratar sus planes. Esa tarde matamos más de trescientos y dejamos más de quinientos heridos. Sin olvidar los treinta prisioneros que trabajaron para nosotros en la enfermería a cambio de su vida. Nosotros sólo tuvimos cinco muertos y unas decenas de heridos.

«Veo expectación en el rostro del niño, miedo en la niña. Y una mirada indefinible en la viuda de mi jefe».

—A pesar de sabernos sitiados por mar, la moral del tercio era alta. No nos importó conocer que por tierra se acercaban miles de hombres. Mas tarde supimos que eran treinta mil, al mando de un persa llamado Ulamen, que ejercía como gobernador de Bosnia. Peor fue que el 15 de julio, Barbarroja llegó al golfo con

220 naves y otros 20 000 hombres. Entre ellos más de 5000 jenízaros. Estos hombres vestían prendas de colores brillantes, lucían sobre sus cabezas sombreros en forma de corona cubierta por un bombín, con un refuerzo de metal en la frente que algunos adornaban con plumas blancas. Al principio nos reíamos de ellos desde las murallas imitando a las gallinas. Pero los viejos del tercio avisaron que aquellos hombres eran guerreros orgullosos, temibles con sus hachas de metal y las famosas espadas llamadas «yatagás». Eran fieles servidores del Sultán que los pagaba permanentemente, incluso con derecho a cobrar una pensión en la vejez. Los cascos adornados con plumas eran capaces de proteger la cabeza de un mandoble, y devolver el golpe... como comprobamos días después. También nos enteramos del origen cristiano de muchos de ellos. Según parece los capturaban siendo niños, los educaban en la fe de Mahoma, y los adiestraban para combatir. Sentí pena por ellos al conocer que habían sido arrancados de su madre, y de la fe verdadera.

«El niño me mira con avidez por conocer, yo envidio su inocencia, sus ganas de saber, su ansia por servir al cesar y a Dios con las armas».

Continúo.

—Alertados por lo ocurrido unos días antes, Barbarroja desembarcó sus tropas presentando un orden de batalla que no impresionó al maestre de campo don Francisco Sarmiento, que decidió dejar el asunto para más tarde. Pensamiento que todos aplaudimos en silencio, porque nosotros éramos valerosos, y cada uno de nosotros valía por diez infieles, pero ellos eran cincuenta mil y nosotros no llegábamos a cuatro mil.

«Tengo la boca seca, escancio agua de un jarrillo en mi vaso, y bebo».

—Como no entramos en batalla, los turcos empezaron a construir trincheras y baluartes para cuarenta y cuatro piezas de artillería. Como era de preveer, don Francisco Sarmiento planificó varias salidas para hacerles pagar caro las obras que construían. En una de ella murió un tal Agim que era uno de favoritos de Barbarroja. Algunos de los nuestros hicieron chistes sobre la posible, e improbable, relación contra natura de hombres rodeados de esclavas hermosas.

«En el rostro de doña María de Cottanes aparece una mueca recriminando mi último, e innecesario, comentario. Intento disculparme respondiendo a su mirada con una mueca de asentimiento antes de continuar».

—A raíz de esta muerte, los jenízaros decidieron vengar el agravio acercándose a la que consideraban la puerta menos guarnecida de la ciudad. Pero les sorprendimos ochocientos españoles y la escaramuza fue mal para ellos. Regresaron a su campamento dejando los cadáveres de cientos de jenízaros. Se rumoreó que Barbarroja sufrió un ataque de cólera al conocer lo sucedido, porque las bajas de este cuerpo selecto eran difíciles de reponer. Y prohibió que sus tropas se acercaran a la ciudad, para no acabar muertos. Quizá la existencia de esta norma fuera sólo un rumor, pero desde ese momento no se acercaron a menos de un tiro de arcabuz de las murallas.

«Bebo agua, y continúo. Tengo la sensación de que no hablo para ellos».

—El día 23 de julio Barbarroja presentó la generosa oferta de rendición. Como don Francisco de Sarmiento declinó, añadiendo «... que viniesen cuando quisiesen...». El día 24 aún no habían salido los primeros rayos de sol cuando se produjo el primer asalto a Castelnuovo. Fue más caro en vidas para los infieles que para nosotros. Su artillería golpeó nuestras defensas abriendo brechas que convertimos en mataderos con nuestros arcabuces, ballestas y artillería. El ataque continuó la festividad de Santiago Apóstol. El obispo Jeremías, que había sido capellán del gran Andrea Doria, almirante al servicio de nuestro cesar católico, permaneció siempre en zona de peligro, animándonos a luchar por la verdadera fe, mientras confesaba a los heridos. Esa jornada costó seis mil muertos al enemigo. Nuestras pérdidas eran menores, pero también éramos menos. Algunos dicen que apenas cayeron un centenar de cristianos, pero muchos heridos murieron a los pocos días, aunque todos confesados, y a bien con la religión verdadera. El problema era que el enemigo no parecía notar sus bajas, mientras que nosotros veíamos los huecos de los amigos en nuestras filas.

***

—No me puedo creer que estemos en los aposentos de Barbarroja —dice Isidro cubierto de sangre.

«Yo tampoco me lo creía. Sarmiento aprobó una salida de seiscientos de nosotros para llevar la guerra al propio campamento infiel, y ahora estábamos en la tienda de Barbarroja. Los hemos vencido, incluso los bravos jenízaros entraron en desbandada».

—Dicen que se llevaron a Barbarroja en volandas hasta los barcos.

Todos estamos eufóricos. Disfrutamos del olor a victoria.

—No creo que Barbarroja permitiera tal osadía a sus subordinados —contesto a mi amigo mirando el rostro del hombre que he matado junto a la puerta de la tienda. Limpio mi espada con su ropa, mientras recorro la tienda con la vista buscando qué merece la pena llevarme como botín.

—Pues yo creo que huir con tu jefe a cuestas es una forma de salvar la vida, sin que nadie te pueda recriminar después una falta de honra.

Todos nos reímos. Isidro siempre tan pragmático.

—¡Muchachos! Regresamos a la ciudad. No os carguéis de cosas inútiles que estamos sitiados.

Es la voz del alférez de la compañía. Son muchos años juntos, y nos conoce lo suficiente para saber que después de luchar, viene el saqueo.

***

—¿El bombardeo fue debido al ataque que hicimos al campamento infiel? —pregunta el niño con ansia. Ni a mí, ni a su madre se nos escapa que ha utilizado el plural. Inequívoca señal de que continuará la trayectoria de su padre y de su hermano mayor.

—Es posible que fuera así, porque desde ese momento Barbarroja ordenó que nos bombardearan sin pausa, día y noche. Hasta que la madrugada del 4 de agosto, sus hombres atacaron el castillo de arriba, que había sido el más castigado en los últimos días. El combate duró toda la jornada. Ni siquiera nos acordamos de comer.

«No me atrevo a contar al niño que desde mi regreso a tierras cristianas, me preguntan si era verdad que los defensores nos animábamos unos a otros en el combate. Siempre respondo afirmativamente porque es lo que quieren oír. La realidad es que no hacían falta ánimos. Todos éramos soldados profesionales, y sabíamos que la derrota ante el turco sólo tiene dos opciones: la muerte directa o la esclavitud en las galeras. Ese día murieron muchos infieles, pero también hombres gallardos, grandes servidores de Dios, y de su majestad cesárea, que no querían finalizar su vida como esclavos».

—¿Cómo acabó? —pregunta para mi sorpresa doña María. Imagino que no desea que su hijo pregunte por heroicidades.

—Al caer la noche, el maestre ordenó la retirada. Abandonamos las ruinas del castillo de arriba, cubiertas con restos de infieles y de luchadores por la fe católica y el emperador.

«Omito que en aquel lugar lleno de piedras deshechas y carne machacada, dejé a mi amigo Isidro quitándole armas y pólvora, no sólo porque estábamos escasos, sino para evitar que el turco nos disparase con nuestras propias armas. La verdad es que no tengo claro cómo acabó. Todos sabíamos que la única posibilidad de salvar la vida era matar. Recuerdo la brecha abierta por un certero proyectil de artillería. No hicieron falta órdenes. Disparamos nuestros arcabuces y nos lanzamos a la brecha gritando por Dios, por Santiago y por el emperador cristiano. Conscientes de que en realidad luchábamos por nuestras vidas. Un golpe en la cabeza hizo que perdiera la consciencia poco después de prometer la visita al maestre de campo.

»Creo que debo añadir algo más».

—Tu padre tuvo suerte; ya te he dicho que Dios nuestro señor le dio una muerte rápida. A mí…, a mi me esperaba la esclavitud. Me desperté cuando comprobaban si estaba muerto. Tuve suerte, porque al quedar inconsciente no presencie el cruel e innecesario degüello de la mitad de los doscientos supervivientes, o el heroísmo del capitán vizcaíno Machín de Monguía, al que Barbarroja ofreció la libertad y un puesto en su ejército, pero que prefirió la muerte antes que servir al infiel.

«Guardo silencio planteándome si he hecho bien en contar al niño mis visiones. Me tranquiliza que no haya reproche en los ojos de doña María.

»Me despido de la familia pensando que en aquella casa de hidalgos aún se mantenía la fe en el emperador.

»Esa noche, como todas las noches desde que estoy libre de las cadenas turcas, los fantasmas de mis amigos regresaron a mi cabeza. El problema es que cuando me visitan no sé si estoy dormido o despierto».

El mercenario y el libro

Miguel Páez Caro

Me cuenta un amigo lector que durante sus vacaciones en Ciudad de México, mientras recorría uno de los pabellones de una lujosa librería de la ciudad, dio con un libro titulado *Memorias*, de Mathias Bernegger, alemán del siglo XVII. Consultando en su vademécum de curiosidades encontró que el libro y el autor, aparentemente desconocidos, están incluidos en una de las antiguas listas de libros prohibidos por la Inquisición, asunto que, al creerlo cosa del pasado, le suscitó el deseo de conocer su contenido e investigar cómo llegó a aquella lista. Sin posibilidad de comprarlo por su alto precio, y debido a la prohibición de la librería de copiar los libros, se dio a la tarea de recoger unos apuntes y de formular algunas conclusiones, los cuales reproduzco con su expresa y generosa autorización.

Su primera y más importante conclusión es que no habría méritos para considerarlo peligroso, a no ser por cierto fragmento de un diario de viaje, el cual ha sido considerado tendencioso por algunos prelados y teólogos, tanto que el veto sobre dicho fragmento aún reposa en los archivos del Vaticano, según logró verificar a su regreso de México. La causa es que su contenido estimula la controversia sobre los hechos que rodearon el segundo juicio a Galileo Galilei, en cuyas obras, al parecer, Bernegger intervino como editor. El fragmento del diario no pertenece al citado alemán, sino a un mercenario de nombre Bastian Ludovic Ulm, de Estrasburgo, actual Francia. Ulm, artesano de oficio, fue soldado y, mucho después y sin razones conocidas, se convirtió en mercenario de cierto respeto. El editor aclara que no fue el único soldado en dejarnos su impresión del mundo y de la vida a través de las letras, y que lo precedió en esa índole el célebre manco de Lepanto. Mi amigo lector, muy acucioso, colige que Ulm y Cervantes se asemejan en que fueron febriles autodidactas, pero critica a Ulm por presumir de erudito e incluso de filósofo. Al momento de redactar el diario o los pensamientos rescatados por Bernegger, Ulm deja entrever que se halla en decadencia y, en cierta manera, trastornado ya que, entre otras cosas, le da importancia a cuestiones poco probables de Estrasburgo como el ser cuna de un supuesto precursor de Calvino. Bernegger mismo, dado ese dislate, contradice a Ulm afirmando que, por ejemplo, omite comentar sobre el origen celta del ayuntamiento de Estrasburgo (convertido por los romanos de los primeros siglos cristianos en la fortaleza Argentoratum), asunto éste, según opinión del alemán, más determinante para la comprensión de la historia de la ciudad.

A pesar de la amplia explicación —o quizá por ello mismo— mi amigo lector concluye que el fragmento y su autor —el mercenario— son una arriesgada invención del editor Bernegger. No así la leyenda, no tan detectivesca, de la forma en que Galileo dio a conocer su célebre *Diálogo sobre los dos Máximos Sistemas del Mundo*, causante del juicio de 1633 y de su posterior reclusión en la abadía de Siena y en la casa-cárcel de Arcetri. A pesar de ello, está de acuerdo en que el testimonio permite entrever el destino, a veces incierto, de los libros y la lucha de Galileo contra un régimen espiritual y político que se sustentaba en teorías a punto de derrumbarse.

Finalmente y para tranquilidad de la crítica, dice mi amigo, no hace mucho tiempo el Vaticano pidió perdón por la condena aplicada por Urbano VIII y por el inquisidor Barberini en contra de Galileo, aunque es innegable que ciertas instituciones parecieran querer revivir esas terribles épocas y que son muchos los lugares en los que aún se hostiga a los hombres que buscan conocimiento. De ahí que testimonios como el presentado permitan refrescar la memoria para que dichos atropellos no vuelvan a repetirse. A continuación la reconstrucción de algunos apartes del fragmento apócrifo del mercenario Ulm.

***

«El mundo suele ser más que la imagen que nos hacemos de él, y un camino, la cifra de otros caminos. Recorriendo Toscana he presentido otros caminos y, por ende, otros mundos. Un desconocido bretón, de frente amplia y voz de guerrero, opinó alguna vez que el paisaje de Toscana bien podría ser una simple ilusión a semejanza de los lienzos que pueblan las salas del Vaticano. La vida me ha enseñado a respetar al sabio y al ignorante. Por eso considero que algo de razón hay en aquel juicio. Ahora mismo abandono suelo toscano sin esperanza de un retorno, pero ello no me impide admirarlo como lo haría un artista florentino. Soy artesano como lo fue mi padre, el viejo Fraug, pero el destino me ha impuesto el secreto y las armas. A pesar de lo arduo que resulta negociar con la guerra y con la muerte, no he perdido el asombro por lo humano. Suelen experimentar los hombres los mismos oprobios y las mismas felicidades en cualquier parte, aunque utilicen palabras diferentes para nombrarlas. En Estrasburgo, mi ciudad, hemos luchado contra el oprobio y eso nos ha dado la soberanía. ¡Quién lo creyera! Un pequeño reino en la ribera de un río gobernado por los sanguinarios galos y germanos... Nada más emprender el viaje y empieza el alma a extrañar el paisaje, una casa, los amores. Ahora mismo Estrasburgo es una idea cuyo recuerdo tiene el peso de mil cañones. Presumo que a estas debilidades llaman los hombres nostalgia. Mi ayuntamiento viene sembrando la nostalgia desde que los romanos asolaron al mundo con su rudo idioma y con el sonido de sus aceros, y desde que el río Rhin es la ruta por donde fluye el destino de Europa.

»Toscana, ese puñado de individualidades que tejen la ilusión colectiva de una nación, apareció en mi vida bajo el nombre de una misión clandestina. Si los caminos de Arcetri o de Florencia han abrigado mis pasos es a causa del secreto que he jurado guardar. El hombre de quien recibí la encomienda, un mecenas con cara de comerciante, fue el que me convenció de cumplir la misión y de conocer la gran Florencia, advirtiendo quizá la importancia de tal gesta. Como muchas de las razones que inventan los pueblos para lanzarse a la guerra, mi misión nació a partir de palabras. Diodati, mi jefe, ha buscado mantenerlo todo en secreto, pero no soy tonto para ignorar que el libro que me ha confiado puede provocar una guerra en nombre de Dios. Tampoco ignoro que su empeño intenta contrarrestar la prepotencia de Roma y su diabólica Hermandad. Pero mis juicios carecen de mesura, ya que hablo como el más apasionado de los gendarmes. Soy reformista, como la mayoría de habitantes de Estrasburgo, y esa suerte la debemos, no a Calvino, como presumen los ignorantes, sino a mi compatriota Martin Bucer, verdadero padre de la religión y de la libertad, aunque él mismo se opusiera a ser el padre de ideas que provocaran el odio en nombre de Dios. Y es que, como dijera Bucer, la idea de la elección de un bautismo divino no puede ser invención de un solo hombre. Cuando nos libramos del falso velo impuesto por Roma desde la época de los primeros cristianos, el mundo descubrió que el heresiarca Pelagio ya había sugerido un bautismo en el nombre Dios y, antes de él, Jesús el Cristo. Algún día el mundo hablará de los méritos de Bucer, y Estrasburgo —más que una catedral o una mercadería cercana al puerto— será un concepto eterno. Algo así como Florencia, que es más que una cúpula y un panteón para los descendientes de los dioses. La inmortalidad de Florencia se la han dado los hombres y las ideas. Precisamente uno de esos hombres es el que ahora intento proteger. El estipendio que cobraré no es menos impío que el que recibió Judas, pero acepté la misión porque creo que la ciencia puede darnos una Europa mejor que la gobernada por la religión y la política. Al menos la ciencia puede estar más cerca de la igualdad, ese don tan esquivo a príncipes y clérigos.

»Mi camino casi llega a su fin y mientras escribo estas palabras avizoro la frontera, límite imaginario entre los hombres. Estoy a una jornada de que Florencia, ciudad eterna, sea un simple recuerdo, como Estrasburgo o Roma. La colina más cercana a mi campamento marca el límite entre la campiña lombarda y el Valais. Pero yo, artesano, solo atisbo algunos árboles y el inmenso horizonte. El cómplice de Galileo ha pronosticado que el libro será célebre más allá del Valais y de la Lombardía, y que soportará el peso de los siglos. Mi nombre, en cambio, será borrado como las huellas del peregrino bajo la lluvia. Ese es mi presentimiento dada la promesa hecha por Diodati a Galileo, promesa que no es otra que publicarlo secretamente en lengua culta, como una verdad que debe ser divulgada a todo el orbe. Valoro el entusiasmo de Diodati, pero pienso que la verdad no es poder de nadie, ni siquiera del anciano sabio que enseña que el mundo no está en el centro del universo. Antes de recibir el libro divisé a Galileo caminando por uno de los jardines de su hermosa prisión, entre sus verdes prados y el aroma de los cipreses, y más que un hombre que amenaza el poder de Dios en la tierra, percibí un anciano de mirada pensativa; un sabio que habita una casa con un nombre que invoca la poesía: *Il Gioiello* (La Joya), y con un paisaje en el que se presiente la inminencia de algún milagro. Si la tierra no es un cuerpo inmóvil, como creían los sabios antiguos, no es solo por una ocurrencia de Galileo. Escuché que el anciano dijo que Dios, el gran geómetra, es el que dispone estas cosas así. Pero en Roma lo han juzgado hereje por querer comprender al gran geómetra. En Florencia, por ejemplo, se ha hecho sátira del asunto, y en las calles muchos bufones le sacan provecho al tema repitiendo con mofa *eppur si muove* ("y sin embargo se mueve"). Es obvio que tal frase despierta risas, pero en Roma los jerarcas podrían enviar a la hoguera al señor Galileo, como a tantos otros, si llegan a comprobar que tal afirmación fue dicha el día en que le leyeron su condena.

»La noche anterior, camino de Varese y mientras reposaba en una estancia antes de seguir a Milán, un bribonzuelo intentó robarme la bolsa con el libro. No muy adelante, gracias a unos buenos labriegos, le di cacería y recobré el botín. Por ahora el libro es toda mi fortuna porque de él depende mi paga y, sobre todo, la fama que me he ganado en operaciones aún más riesgosas. No obstante, quizá por el cansancio de los años o por algún oscuro presentimiento, he decidido que esta será la última vez que cumplo una misión de tal índole. Entonces, cuando ejecute mi promesa, retornaré a Estrasburgo para ejercer como artesano. Ya no soy el joven que soñaba conquistar el mundo. Ahora solo aspiro a tener una casa donde reposar cuando sobrevenga el ocaso y una mujer con quien curarme de la soledad. Quizá Galileo nunca abrigó tales pensamientos. Su vida es la ciencia, y su laboratorio el Universo. No aspiro a dejar huella, pero nadie, ni Diodati ni Bernegger, podrán ocultar que fui yo el que llevó a destino el último gran libro de Galileo. Por ahora me limitó a seguir la trayectoria que me lleve con bien a mi fortuna».

***

Después de mostrarme sus apuntes, mi amigo comentó que el fragmento terminaba con una apostilla en la que Bernegger afirmaba que, tras cumplir su misión, Ulm apareció acuchillado en un burdel de Estrasburgo. Nuca hubo noticias sobre las causas o los sospechosos del crimen.

Cambio de planes

Rosa García Cachán

Pasad doña Ana, sentaos. Os he mandado llamar porque en esta larga noche voy a necesitar de vuestra presencia y cordura; por primera vez en mi vida no me fío de mí. Desde aquel 4 de octubre de 1497 hasta hoy han transcurrido trescientos sesenta y cuatro penosos días en los que he tenido que enterrar a mi amadísimo heredero Juan, poco después a su hijita, y hace apenas cinco semanas a Isabel, mi primogénita. Estaréis de acuerdo conmigo en que tanto infortunio es demasiado para cualquiera, incluso para una reina. Durante este fatídico año habéis hecho gala de gran discreción, acompañándome en mi desgracia sin pretender ahondar en ella y sin ofrecerme consuelos vacuos, os lo agradezco. Lo irónico de la situación es que, hasta la muerte de Isabel, la gente me decía que mañana, con la misa de cabo de año por mi Juan, se cerraría el ciclo del duelo y la herida del corazón. ¡Qué sabrá nadie de duelos ni heridas! No ha pasado un solo día de estos doce meses en que no haya llorado hasta la extenuación, ni un solo día en que no me costara comer, saciada de tragarme tanto lamento. Eso sí, en privado. Convendréis conmigo en que nunca me he comportado como una plañidera que arrastra sus lloriqueos por corredores y salones, ni como una loca furiosa que convierte su infortunio en ira hacia todo lo que la rodea, ni tampoco me he refugiado en la melancolía para aislarme del universo y su negrura. Ni una sola vez he gritado, ya me conocéis, si no grité cuando le traje al mundo tampoco iba a gritar cuando lo abandonó. Lo que más lamento es no haber podido estar junto a mi Juan en su lecho de muerte, nunca me lo perdonaré.

Sus continuos decaimientos del año pasado nos obligaron a retrasar varias veces el viaje a Portugal para celebrar el matrimonio de Isabel con el rey Manuel, y al final no tuvimos más remedio que optar por dejarle en Salamanca al cuidado del obispo fray Diego de Deza. Es de agradecer que el buen rey luso, mostrando una gran comprensión por el motivo de nuestra demora, conviniera en acercarse hasta Valencia de Alcántara para celebrar allí los esponsales en la fecha fijada del 30 de septiembre. ¿Recordáis que unos días antes de la boda llegó una carta del obispo de Salamanca alertándonos sobre el alarmante empeoramiento de Juan? Si el meticuloso fraile nos instaba a regresar cuanto antes era porque la situación se había agravado. Tuve que elegir entre asistir a la boda de mi hija o acudir al lado de mi querido hijo, importunando a nuestro yerno y aliado con semejante desplante. Tenía que haber valorado el peligro en su justa medida, tenía que haber acompañado a Fernando cuando, tras la boda, regresó inmediatamente a Salamanca, en lugar de quedarme unos días para estar presente en los festejos programados. ¡Y eso que no llegué a leer la desesperada carta del obispo que Fernando recibió durante su viaje de vuelta! Es duro para una madre elegir a cual de sus vástagos atiende, aunque supongo que a todo se acostumbra una, incluso a la mala salud de un hijo. Soy consciente de que mi presencia no hubiese aliviado su estado ni evitado el terrible desenlace, pero habría dado mi vida por estar a su lado cogiéndole la mano, acariciándole los cabellos, susurrándole palabras de aliento... ¡Mi Juan, mi ángel!

Ya, ya sé lo que vais a decir: «la única explicación para tan terrible infortunio es la voluntad de Dios, y esta no necesita explicaciones». No, no las necesita, pero ayudarían. Nuestro creador quiso que llevara a cabo la sacrosanta misión de unir los reinos de España, reconquistar la península para la verdadera fe y arrojar de su sagrado suelo a los que no abrazaran la cruz. Mi tarea consistía en elaborar la estrategia que propiciara tan alto fin, y ahí estuvo mi equivocación: tracé unos planes que anteponían el egoísmo de una madre a las obligaciones de una reina.

Las madres dicen querer a todos sus hijos por igual pero en el fondo no es cierto, siempre hay un preferido, un ojito derecho, y no cabe duda de que ese era mi Juan. Como heredero de las coronas de Aragón y Castilla centramos en él nuestras esperanzas concertándole un gran matrimonio, dando por sentado unos nietos que garantizarían la unión incuestionable de los dos reinos y que perpetuarían la dinastía de los Trastámara por los siglos. Pero os repito que me cegaba el amor de madre. No concebía el futuro de España sin mi hijo y ese fue mi error, mi castigo y mi penitencia. Aún después de su muerte me consolaba con poder preservar en su hijo póstumo su linaje, su vida, su afecto, ¡pero ni siquiera eso me concedió Dios! mi primer nieto fue niña y nació muerta. Fin de la historia.

¿Qué haremos ahora con mi nuera Margarita? Pasado el luto, sin un cuñado con quien volver a casarla y sin un hijo que la legitime como regente, su presencia en España carece de sentido. Es muy joven y, aunque ahora lo niegue, es natural que quiera continuar con su vida. Supongo que lo más sensato sería cumplir con ella las arras que le prometimos, como nos pidió Juan en su testamento, y devolverla a casa de su padre. Seguro que el emperador Maximiliano lleva meses sopesando algún matrimonio conveniente para el imperio. Con un poco de suerte acabará siendo reina, que es para lo que fue educada. A la tercera iría la vencida.

Al final cada uno tiene que sobrevivirse a sí mismo. Vos habéis podido comprobar que a pesar de tener el corazón seco, desintegrado, reducido a cenizas, he seguido adelante con mi misión y mis obligaciones. Tras la desaparición de Juan y el mal parto de la princesa Margarita, Isabel ocupaba el primer lugar en la línea sucesoria y había que nombrarla princesa de Asturias. Hace tiempo me juré que la corona de Castilla nunca pasaría a manos extranjeras. A tal fin, en las capitulaciones matrimoniales de todas nuestras hijas, hicimos constar la cláusula de que, aunque fueran reinas en otras tierras, nunca perderían sus derechos dinásticos en España, tanto ellas como sus hijos seguirían siendo nuestros legítimos sucesores. El rey Manuel de Portugal es una bellísima persona, buen cristiano y mejor aliado, si Dios había dispuesto que España tuviera un rey consorte foráneo, él era la mejor opción. ¿Recordáis el 7 de abril último, en el monasterio de Guadalupe durante su nombramiento como heredera, lo contentos que nos pusimos todos al saber que Isabel estaba embarazada de cinco meses? Bueno, todos menos ella, empecinada en mostrarse taciturna y nerviosa. Es mi hija y la quiero, pero hay que reconocer que siempre fue muy rara. No rara como Juana, la pobre, que más que rara está enferma como lo estuvo mi madre; Isabel es, era, huraña y desconfiada, todo lo contrario que mi Juan, suma de bondad y alegría, y un santo ¿Sabéis que llegó doncel al matrimonio? Por supuesto, os lo habrán contado docenas de veces. Y los pocos meses que estuvo casado solo tuvo ojos para Margarita. Ojos, manos y todo lo que un hombre debe tener para con su esposa, como es de ley. Hay personas que aún me hacen responsable de su muerte por no haberlos separado. ¡Pobre hijo mío! Siempre fue tan frágil, tan delicado, tan responsable ante Dios y ante nosotros. ¿Cómo le iba a privar del derecho que tan concienzudamente se había ganado? ¡Más que un derecho, un deber hacia las coronas! Se entregó en cuerpo y alma a la tarea de darnos un heredero y dejó la vida en el empeño ¿Qué más se le podía pedir?

Ya estoy hablando otra vez de mi ángel, no consigo evitarlo. Llevo un año entero llorando y reponiéndome para volver a llorar de nuevo, sin saber cual podía ser el objetivo de tanta desdicha, culpándome de mis actos y de mis afectos, y por fin, tras el nacimiento de Miguel de la Paz, me es permitido entender mi sagrado designio. Por cierto ¿habéis visto a mi nieto? Está tan sano y feliz, nadie diría que su madre murió dos horas después del parto. Contando al pequeño Pedro, que en gloria esté, he parido seis hijos y aquí estoy, dirigiendo el mundo, en cambio mi pobre hija, a la primera... Dios me perdone pero creo que a Isabel la mató su propia insatisfacción; es como si después de quedarse viuda de su primer marido no hubiese sabido qué debía hacer con su vida. Pero lo que son las cosas, sin darse cuenta y sin pretenderlo nos ha dejado un heredero que unirá Aragón, Castilla y Portugal. Toda la península reunida bajo la misma corona formando la nación más poderosa del orbe, juntando en una única mano todo el poder de la santa fe católica y el mayor imperio sobre tierras y mares que Europa haya conocido.

Esta era la gran misión para la que fui llamada y que el amor por mis hijos, por mi hijo, me impidió comprender. Dios Nuestro Señor supo ver la cortedad de mis planes y decidió cambiarlos por otros más ambiciosos, más adecuados para el fin deseado, y así debo asumirlo, aunque para ello haya sacrificado lo que más quería. Estoy segura de que Dios mismo fue quien inspiró el nombre de mi nieto: Miguel, por haber nacido en Zaragoza como gesto hacia el reino de Aragón, y de la Paz para simbolizar que las guerras intestinas en la península, en toda la península, habían tocado a su fin al amparo de un único y legítimo rey nacido de la alianza de las naciones, y no por las conquistas en el campo de batalla.

Mi Juan y su descendencia hubieran sido reyes de Aragón y Castilla pero nunca de Portugal, salvo posteriores alianzas matrimoniales que podían haber tardado años, generaciones enteras, en fraguarse. En su infinita sabiduría el Altísimo quería que esta unión se produjera lo antes posible, por eso se llevó a mi ángel y a su heredera. Y a Isabel..., a Isabel se la llevó para que no engendrara más hijos, para evitar que los hermanos tuvieran la tentación de repartirse su nuevo gran reino.

Ahora todo cobra sentido, aunque el ser la herramienta para que la voluntad de Dios se cumpla en toda su grandeza no consigue ayudarme a superar la pérdida de mis hijos y de mi nieta. Bueno, no nos engañemos, la pérdida de mi hijo. Si de mí hubiera dependido habría sacrificado la corona de Portugal y a mis otras cuatro hijas con tal de conservar a mi Juan. Qué os escandaliza más ¿las emociones que anidan en lo más profundo de mi alma o mi secreta rebeldía contra la voluntad de Dios? Ya os dije que esta noche no me fiaba de mí. Tengo de plazo hasta que exhale mi último aliento para redimirme, un sentimiento tan desnaturalizado y egoísta ha de ser mi tormento mientras pise este mundo, y quizás después también.

Doña Ana, no creo que mis días alcancen para ver reinar a Miguel de la Paz sobre toda la península y allende los mares, por eso debéis contarle mi historia, toda menos esta última confidencia, nos la guardaremos como una confesión. A partir de mañana dedicaré mis energías a educar a mi nieto, aunque sospecho que intentaré convertirle en un segundo Juan. No me dejéis, será la penitencia por mi pecado.

El símbolo
de lo enorme

Ricardo Giraldez

Ouvrez tout, allez partout,
mais pour ce petit cabinet, je vous défends d'y entrer.
La Barbe bleue, Perrault

Existe un inframundo en lo recóndito de cada individuo. Hay fuerzas bestiales adormidas que sólo esperan se filtre un pequeño rayo de luz hasta ellas para espabilarse de su largo sueño de tinieblas. No como alternativa incierta en un más allá improbable aguardándonos al límite de la vida; sino como firme certeza enclaustrada en las nauseabundas celdas del ser, es que el infierno existe. Y existe verdaderamente, y sus llamas, febriles, se alimentan de todos nuestros desecados candores. ¡Maldito quien haya asistido al despertar de lo que sólo con espanto podrá admitir como propio y cierto; maldito el rayo de luz que se inmiscuya en las siniestras oquedades de la naturaleza humana que jamás debieran ser perturbadas; maldito quien, en su ingenua osadía, estime poder asumirse en su espantosa complejidad! No volverá a oír el incauto la amable estrofa de la vida después de haber llenado deliberadamente sus oídos de los espantosos chillidos del averno. Pues hay, hacia el fondo del ser, una última puerta que debiera permanecer por siempre obstruida, que jamás debiera ser abierta ni mucho menos franqueada tanto por los ojos como por el alma. ¡Resiste los temerarios impulsos que te instan a abrir esa última puerta; es el propio mal el que aguarda tras de ella; es un abismo de horror enloquecedor y es también la perpetua condenación aquí en la tierra o en cualquier otra instancia que nos sea dada atravesar!

Yo puedo afirmarlo con autoridad; yo, que he descendido hasta allí mismo; hasta ese extremo último y sin retorno en que aguarda la pesadilla y el espanto que alucinan el alma. Yo he abierto esa última puerta, sí, valiéndome de una llave perversa, y me he visto como nadie quisiera jamás contemplarse, admitirse o sospecharse; como ni siquiera el mundo se atreve a verme hoy después de haber revelado mi tremebundo natural. Y por ello me valgo de palabras, fórmulas y advertencias, en esta última hora de mi vida, que bien me hubiesen llamado a risa algunos años atrás. Pues hace unos pocos años tan sólo, yo era muy capaz de reírme de todo y de todos bajo la luz del sol. ¡Cuán dueño de mis actos y de mi destino me sentía entonces! Afrontaba con la osadía de la juventud la vida y contaba además con la impaciencia de los que ignoran en las venas. La moral, toda moral, cualquier principio de ética laxa o severa, se me figuraba un asunto y entretenimiento de ancianas consejeras. Simples dualidades arquetípicas eran «el bien y el mal» para mí, eficaces tan sólo para cercar el campo de acción de los débiles, los cobardes y los tontos. Y el mundo estaba poblado mayoritariamente por tal ejército de serviles reses. Esta era mi convicción al menos; que rige el espíritu de rebaño entre los hombres y que todos participan del gusto de ser acarreados. Nada tenía que ver yo con todos ellos. En nada se me semejaban. Mis límites surgirían de mis propias imposibilidades, del agotamiento último de mis fuerzas, del debilitamiento definitivo de mis facultades mentales; y ni siquiera eso, ya que por entonces estaba muy lejos de reconocer límites probables para mí, pues era mi profunda convicción, mi más íntimo sentir, que llegaría más lejos de lo que nadie había osado pretender aun en sueños o tolerar en sus peores pesadillas; más allá de todo lo previsto y asumido; que yo, en suma, iría por todo, y que todo me estaría permitido.

Pero el precio a pagar..., es ésta una eventualidad que no tuve en consideración, que nunca concebí de cara a mis enormes excesos; excepto cuando resultó demasiado tarde...; tarde, sí, para desandar el camino.

A horas de ser supliciado como castigo por las inúmeras aberraciones por mí perpetradas, tras de haber revelado al mundo hasta el último de mis actos infames, todo se ofrece claro a mi memoria; con extrema clarividencia atravieso las sombras estremecidas sobre mi pasado ignominioso. Ni un momento de mi monstruosa vida escapa a la fantasmagoría de la evocación; ni siquiera el horror más vívido; sobre todo el horror perpetrado. No hay demencia lo suficientemente alocada que no pueda añadir coherentemente a los fríos encadenamientos de mi razón. ¡Pero lo que daría hoy porque esa razón no fuese mía..., por desecharla cual una basura inmunda! Mas no puedo; yo soy mi razón, y es esta odiosa razón que soy la que hablará por mí en las memorias que, febrilmente, y sin saber muy bien el motivo, bosquejo aquí y en esta hora, a la espera de iniciar el ignoto trayecto hacia la sombría orilla.

Se ha dicho muchas veces que próximos a la muerte afluyen con insistencia a la memoria recuerdos de los albores presuntamente olvidados. En estos últimos momentos de mi descarriada vida, y desde la lobreguez de mi hediondo calabozo, pienso mucho en mi niñez y en mis ilusiones y en mis expectativas primeras, y, mal que me pese, veo en ellas prefigurado mucho de lo que sería más tarde yo como hombre. Pues mi infancia no fue la de un chiquillo cualquiera, sino la de quien se sabe comparecido ante el mundo para cumplir un destino formidable. Yo nací con el apetito de lo extremado. La vocación de las armas me venía ya de familia. También la fortuna, la afición de mando y el orgullo de casta; lo mismo el gusto por toda variedad de refinamientos, el goce de la lectura de clásicos paganos y olvidados en los viejos pergaminos y la alegría de evocar tiempos pasados y perdidos, mejor afinados con mi propia sensibilidad. Fue Suetonio el autor predilecto por aquellos días. Fue en los fastos y en los excesos desvergonzados en que incurrieran los césares de la Roma imperial, descritos con lujo de detalles por el historiador latino, donde despertaría por vez primera mi inclinación y fascinación por lo enorme, y la certeza de que hay hombres para los cuales no pueden regir las mismas leyes que para todos los demás; porque son solos, porque son casta, porque están hechos para ser medidos con su propia vara.

Ahora bien, aunque desde mis inicios fui dado yo a lo extremado; no siempre mis excesos cobraron un cariz sombrío. Pues si es cierto que toda variedad de exceso supone hablar de una monstruosidad, cabe sin embargo establecer distinciones. Hay monstruos de virtud, hay monstruos de refinamiento y hay monstruos de depravación, vicio y maldad. Mi tragedia fue haber hallado sitio para todos ellos en mi seno. Yo los he reunido a todos, sí; he dado forma a todos esos monstruos alternativamente a lo largo de mi alborotada vida. Y estimo que no habrá jamás quien supere mi enormidad a este respecto.

Un monstruo de virtud.

Era muy joven aún cuando contraje un matrimonio de conveniencia con aquella tímida jovencita que, a mi propia fortuna, vino a añadir la de su familia. Quince años tenía tan sólo la que yo conquisté con atrevimiento y brío, la que amé durante algún tiempo seguramente (aunque a mi manera), y la que más tarde aparté de mi trato y de mi vista con indiferencia y desprecio, dado que en mis apegos yo siempre me mostré de índole inquieta. El hecho es que este enlace, bien meditado por mis parientes, hizo de mí, con apenas veinte años de edad, el barón más rico y fuerte de toda Francia, con derecho prácticamente a todo y sin obligaciones para con nadie ni nada. Así, mi voluntad, de suyo demandante, se encontró sin resistencias prácticamente desde los albores. Y de tal modo que, cuando tiempo después, revestido de todas mis galas y de la apostura que me confería la juventud y mi buen talante natural, me presenté en la corte del Delfín por vez primera, según estaba llamado a ser, no lo hice como un barón más venido de provincias, uno de tantos otros, sino que todas las miradas estuvieron pendientes de mi persona, de mis actos y de mis palabras, incluida la del pobre Carlos VII, de trémula corona, quien, en fin de cuentas, no venía a ser a mi lado sino un andrajoso pordiosero, sin poder alguno para ejercer autoridad.

Esa corte de la que hablo estaba enmohecida en la inoperancia y lasitud más penosas. Las orgías se sucedían; los espíritus se aguaban en largas y vergonzosas francachelas; todo era malversar el tiempo, el intelecto y las fuerzas vivas en tanto el inglés asolaba a capricho, y sin encontrar resistencias, los campos de Francia. No eran por entonces tales hazañas de serrallo las que seducían mis apetitos. En aquel período primero de mi vida, mi espíritu belicoso estaba ansioso por desatarse en la batalla y así sumar glorias a mi ilustre apellido. Y creo que si no hubiese encontrado enemigos a la vista; los hubiese inventado.

Por fortuna para mí, y por supuesto para Francia, surgida de los pantanos de Lorena, llegó un buen día a la corte aquella casta doncella portadora de la palabra de Dios y que hoy lloran los justos de toda la tierra. Yo no sabría decir lo que hubiera sido de la corte francesa y del destino de sus súbditos de no presentarse la bellísima y nunca suficientemente ponderada Juana, la Pucelle. Mas lo cierto es que su irresistible presencia lo trastocó todo a su alrededor y nos cambió a todos drásticamente. A mí en particular. A mí más que a ningún otro.

En efecto, cuanto yo era y cuanto había sido y deseado ser hasta allí, lo olvidé al momento de conocerla. Fue mi sueño de luz, mi fascinación y mi quimera. Por ella fui capaz de arrostrarlo todo; de creer donde hasta entonces yo sólo descreía. De un día para el otro quise ser tanto o más virtuoso de lo que ella demandaba de los hombres y de mí en exclusivo. Pues todo sufría su benéfico contagio, y todo se glorificaba bajo su divino influjo. Imposible resistirse al milagroso magnetismo de su candor y de su pasión por emprender una noble causa. Cuando Juana hablaba, penetraba en el alma un coro de arcángeles celestes; sólo que eran estos los arcángeles de San Miguel, ardientes, belicosos, y todos ellos armados con espadas flamígeras. Fue por la Doncella que me exigí al máximo y sin reservas; que nada rehusé a fin de convertirme en el mayor y más osado de sus campeones. Fue por ella que me batí en

Orleans y liberé a la ciudad del largo asedio inglés a que estaba sometida. Y a su lado fue que atravesé aquellas murallas semiderruidas para ser aclamado como el salvador de Francia. Pero yo sólo la veía a ella, a mi bella Doncella, por la que velaba noche y día, para quien mataba al inglés con ahínco y por quien me hubiese enfrentado al diablo mismo si me lo hubiese ella demandado, pues su divina voluntad ennoblecía mi espada, la sangre que vertía y todos mis desaforados y homicidas ardores. Mis excesos estaban santificados por sus oraciones. Yo era entonces un arcángel de la Luz.

A este triunfo memorable siguieron las victorias de Jargeau, de Patay, de Lagny que me valieron el título de mariscal de Francia. Tenía veinticinco años, apenas me alzaba en la vida y ya estaba en lo más alto; lo tenía todo, y todo resultaba tal y como lo había previsto desde mis primeros albores. Era mi momento de gloria; mi ascensión hacia todos los honores y el cumplimiento de mis primeros anhelos de armas. Hoy, pasado lo vivido y lo mucho perpetrado, se me figura que mejor hubiese sido acabar allí, culminado ese primer período del itinerario, rendido por algún dardo traicionero, y dejar un recuerdo noble y digno de mí mismo a la posteridad. Pero entonces nada podía saber yo acerca de lo que vendría, no a lo menos vislumbrar sus alcances siniestros. Y sin embargo, ese dardo funesto y traicionero sí cayó sobre la tierra lanzado por algún arco odioso, para barrer la flor más pura que asomara alguna vez bajo el sol. Juana fue capturada por el inglés, sometida a proceso vejatorio y condenada a morir en la hoguera. La noticia me penetró cual un hierro frío en el vientre, y lo inesperado de los acontecimientos que se sucedieron de modo dramático me dejó sin reacción. Acaso creí que una injerencia divina la salvaría a último momento de ser supliciada. Acaso aguardara yo esa última muestra de un poder mayor para terminar de convencerme de que a mi lado había cabalgado una enviada de las huestes del Cielo. Acaso me faltara algo de todo aquello con lo que yo creía contar de sobra hasta entonces; algo de todo ese valor y resolución de los cuales me estimaba un venero. Puede que todos estos motivos hayan coadyuvado a mantenerme en la inacción mientras la Doncella era ultrajada de todas las formas imaginables. Lo cierto es que yo no salí el mismo de todo ello. No, no lo hice.

Si mi fe en la potestad de Dios y su influjo en la humanidad se había mostrado débil desde el principio, nunca lo fue tanto como entonces. Mi sueño de luz había nacido con Juana, y supliciada y muerta ella nada quedaba de él. Era evidente que en las tramas del mundo terreno el mal ejercía el mayor poder y autoridad. De esto mismo me convencí entonces y estoy más que convencido hoy, mientras me mido cara a cara con la muerte. Así, pues, hastiado y desencantado prematuramente de los asuntos de los hombres y de todas sus políticas viciadas y mezquinas, fue que emprendí un deliberado destierro a las soledades de mi castillo de Tiffaugues, en la región de la Vendée, donde el sol asoma tímidamente al través de un gris perpetuo y los débiles rayos de luz jamás cristalizan en los fosos humeantes y cenagosos. Allí di rienda suelta a otra faceta de mi personalidad extremada: mi gusto por el fasto y lo suntuoso y por toda variedad de originalísimos placeres de índole sensual. Mis deseos primeros de emular los antiguos desbordes del mundo pagano, se desataron entonces incontenibles.

Un monstruo de refinamiento.

Mi afición por las artes se despertó muy tempranamente en mí. De muy niño ya podía pasarme extasiado horas enteras intentando visualizar en mi fantasía el lujo y magnificencia con que habían transcurrido los días de los antiguos césares, conforme lo descripto por Suetonio. E inmerso en tales evocaciones: «Yo remedaré todo ello alguna vez», aventuraba. «Algún día yo haré de mi palacio el recreo de un César, el capricho de un Sultán». Y ahora sentía que había llegado el momento de cumplir aquel sueño entrañable. Y a ello me apliqué con ardor y pasión; sin medir en gastos me entregué al derroche indiscriminado y dispendioso. Mis jardines se abarrotaron pronto de aves y bestias exóticas traídas desde los confines de la tierra, las cuales fueron llenando muy pronto la atmósfera que envolvía el palacio de extravagantes graznidos y rugidos temibles. De las muchas salas de mi fortaleza, enaltecidos con tonos vívidos y vibrantes fueron los vastos interiores, y, como en un profundo cielo de Oriente, de áureas estrellas hice tachonar las elevadas bóvedas. Tapicerías entramadas con hilos de oro, cortinajes bordados con delicado esmero, muebles hechos de una sola pieza y tallados sobre troncos milenarios, a veces representando escenas bíblicas en bajo relieve, y otras rememorando un paganismo pasado y glorioso, hicieron, de las antes glaciares salas de mi palacio, amables aposentos que emulaban toda la pompa y magnificencia de los países del sol. Mi comida era sazonada por variedades de especias que habían recorrido caminos intransitables y ya olvidados, antes de que pudieran llegar hasta mi mesa. Y era en esa mesa soberbia que, revestido de todas mis galas, pesado de pedrería y joyas, nadando en esencias inefables que remitían a paraísos ignotos, me sentaba yo todas las noches en la cabecera de mi abigarrada corte compuesta por personalidades de lo más heterogéneas: sabios, músicos, poetas, artistas, artesanos, astrónomos, mis oficiales de mayor rango y altas dignidades pertenecientes a todos los estamentos. Los muchos y sumisos sirvientes que nos atendían balbuceaban cuantos idiomas existen en el orbe, sus rasgos respondían a todas las razas, y los colores de sus pieles eran inauditos. En nuestras copas vibrantes de oro y de zafiros se vertían elixires que no tardaban en operar alucinantes efectos en el cerebro. Y todo era elevado entonces; todo era exquisito; la atmósfera que nos envolvía gravitaba cual una nube ideal y benefactora. No había lugar para el aburrimiento, la apatía o cualquier variedad de esterilidad espiritual. Cuando no canturreaban las risas a nuestro alrededor, se elevaban los pensamientos profundos, y cuando las realidades eran penosas, se pasaba sin más al país de los sueños.

¡Dichosa vida la de aquellos días!

Pero pronto, mis arcas comenzaron a vaciarse. Mis excesos de lujo y mi dispendio para con todos acabaron por provocar la enajenación de buena parte de mis bienes. La mayor fortuna de Francia yo la había disipado en tan sólo unos pocos años. El oro se había deslizado de mis manos como brillante polvo volátil. Vendía todo lo que podía y me comprometía pidiendo préstamos usurarios. Pero no había modo de solventar mi fasto siempre creciente. Por otra parte, yo ya no podía renunciar a él. Para esas instancias, *menos* hubiese significado para mí lo mismo que *nada*. Fue entonces que me rodeé de una cohorte de alquimistas y de magos siniestros, dueños de secretos misteriosos e inconfesables. Debía restituir mi fortuna dado que no me era posible apartarme de mis plétoras y fastuosidades. Debía adquirir el secreto de la piedra filosofal, y puesto que a todo estaba resuelto por el oro, precipitadamente comenzó mi penoso descenso, peldaño tras peldaño, hasta los obscuros sótanos de mi inextricable ser.

Un monstruo de perversidad.

Las ciencias ocultas nunca me habían resultado ajenas. Mucho era lo que había abundado al respecto y por ello no era un novicio en pasajes insólitos cuando los alquimistas comenzaron a multiplicarse en mi castillo para verter en mis oídos su raro saber. Pues curiosamente, así como Juana, con su maravillosa aparición en mi vida, me había convencido de que los Cielos pueden abrirse eventualmente para bendecirnos con sus enviados celestes; por esa misma razón conjeturaba que en la tierra han de existir también grietas infames a cuyo través asomen los demonios que cada tanto vomita el averno.

Y era de *magia negra* de lo que estaba yo precisado. El angustioso vaciamiento de mis arcas me impulsaba a intentar la obscura realización de la «gran obra» de los alquimistas: obtener oro mediante la transmutación de los metales innobles.

Pero con el correr de estas prácticas adversas al orden de las cosas, el cambio operado en mí y en todo cuanto me rodeaba fue dramático. Un viento siniestro, y que a miasmas y azufre hedía, comenzó a batirse al través de los corredores hasta los rincones más apartados del palacio. Era el aliento del mal.

Los hornillos humeaban noche y día. Mi mundo quedó muy pronto reducido a mis magos, a mis maestros alquimistas y a todos aquellos raros hechiceros detentadores de fórmulas olvidadas. Todos reunidos en una fraternidad iniciática; todos abstraídos en peligrosas conversaciones y prácticas atroces; todos enceguecidos por delirantes búsquedas tras del impío afán. Era con ellos que atravesaba las noches, cuan largas eran, hasta mucho después de que rayara el alba deprimente, bien escudriñando la alineación de los planetas desde alguna de las altas torres, o ya recluido en los sótanos de un ala apartada del castillo convertida en improvisado laboratorio. Abundaban aquí los amuletos, los talismanes, los conjuros, las raíces de mandrágora, los metales de todo tipo, las retortas cornudas que al calor del fuego de los atanores condensaban vapores infectos, los recipientes de formas estrafalarias donde se espesaban infernales líquidos de coloraciones siniestras.

Pero no bastaba con las prácticas alquímicas realizadas sobre la materia; la diaria copulación de elementos en la cocina del demonio precisaba de un distinto ingrediente. Para invertir el orden natural en las cosas había que invertir también el orden natural en el espíritu. La magia negra sólo se realizaría eficazmente haciéndose uno digno de su obscuro poder, aun cuando significase ello hacerse indigno de la luz del sol. ¿Cómo lograr esta transmutación de índole personal? Fue en un grimorio redactado en hebreo sobre hojas de corteza, escritas todas ellas con punta de hierro y en letras bellamente coloreadas, que dimos, mis magos y yo, con esta indicación protegida por signos cabalísticos. «La mayor inversión del alma reside en el acto aberrante de verter y pervertir sangre de niños inocentes».

Esa fórmula desdichada fue la que abrió la última puerta bajo cuyo umbral la sensatez vacila y teme, y apenas atravesarla, fue que comenzó para mí el verdadero y obscuro descenso hacia el infierno de mi ser. La colecta de sangre inocente no se hizo esperar; el improvisado laboratorio quedó muy pronto transformado en una atormentadora mazmorra, más bien en un sanguinario matadero, donde los ingenuos niños eran traídos mediante engaños para ser amontonados de a docenas, para ser sometidos a toda variedad de atrocidades infames y vergonzosas. Se los buscaba en sitios apartados; los embarques eran constantes; y a todos se los seducía bajo viles y maliciosos ardides. Esos niños fueron víctimas de horrible ultraje; de sus cuerpos tibios, de sus almas candorosas e incluso de sus cadáveres inertes, abusé yo sin piedad. En un principio tuve que vencer repugnancias para cebarme en ellos con prácticas que horripilarían hasta la imaginación más sombría. Pero el ejercicio constante de mancillar carne inocente, en teoría motivado por acceder al obscuro poder de la magia negra y realizar así la tan ansiada transmutación en el metal, acabó por mancillar mi espíritu también, y de forma definitiva, y de forma imperdonable.

La transmutación del espíritu se realizaría efectivamente.

Llegué a gozar de todo ello con mórbida fruición, al punto de revelarme esas prácticas placeres inauditos que jamás hubiese creído yo poder desarrollar. Y no era la pederastia, el regodeo sensual, el mayor de todos esos goces; las variedades de tortura y las agonías atirantadas en el tiempo con manos hábiles, acabaron por arrebatarme por sobre todos los demás placeres. Así fue como el fin último, es decir, la ejecución de la «gran obra», concluyó por redundar en una excusa propicia para continuar yo con mis nefandos divertimentos.

Yo he violentado a esos niños mediante suplicios que sobrepasan cualquier entendimiento; he abusado de esos pobres inocentes con prácticas infames que apenas pueden ser descriptas con palabras. A lo que yo me he animado no se animará nadie jamás; no se dará nunca con espíritu que haya logrado tan perfecta y completa inversión de todos los valores como el mío. Yo he abierto caminos al placer por sitios tortuosos e insospechados que repugnan incluso mi recuerdo. No tiene caso dar mayores precisiones al respecto en estas breves memorias que escribo apresuradamente, pues todo lo he confesado con lujo de detalles durante el proceso que me fue abierto por las autoridades del clero. Pues sí, finalmente, mis fechorías cobraron tal enormidad que el mundo quedó pequeño para poder ocultarlas. Los niños eran muchos, demasiados, sin posible recuento; y tantas desapariciones tenían que levantar a la postre las consabidas sospechas. Demasiadas madres llorando a la vera de los caminos por esos pobres niños que nunca retornaban a casa. Demasiado lamento, demasiada incertidumbre, demasiada aberración, demasiados pozos que dejaban cada tanto al descubierto una infame cosecha de cadáveres, y mis arcas se encontraban en extremo vacías como para poder yo vulnerar las pesquisas y hacer prevalecer mi voluntad bajo sobornos.

Durante el largo proceso a que fui sometido, ese proceso cuyos monstruosos testimonios consternan hoy a toda Francia, no pocas veces, mientras describía mis aberrantes excesos, se me ha inquirido con consternación por *la* razón de ellos, o más bien, por *la* razón de ese mayúsculo placer que obtenía yo de prácticas que mis oyentes sólo podían considerar con indecible repugnancia. Yo mismo me he hecho esta pregunta más de una vez sin poder dar nunca con razón valedera, excepto que el placer no reconoce fronteras; que el placer puede sorprendernos en cualquier parte, donde menos lo sospechamos o lo deseamos, incluso en el peor muladar. Y cuando se lo ha probado todo, cuando se ha apurado hasta la última gota del goce convencional, la imaginación se agudiza, se aventura por caminos nuevos, y es así que se llega a concebir lo inaudito. Es eso o renunciar definitivamente al placer. Y yo, por obtener una gota de placer tan sólo, dispuesto estaba a descender hasta las mansiones del averno, tal y como lo hice, y mal que me pese, tal y como volvería a hacerlo una y otra vez.

De hecho, he conocido momentos en que la conciencia de la magnitud de mis horrores me dejaba paralizado de temor y repulsa hacia mí mismo. Muchos fueron los períodos de abstinencia que he atravesado en mi viciada depravación; sólo que siempre para volver a caer sobre esos niños con mayor furia y apetito de carnicería. Hubo noches en que espantado de mi obra, como si de otro se tratase, me vi salir de ese castillo de oprobio como un loco desaforado para correr al través de los bosques contaminados de todos mis pecados odiosos. La pálida y enfermiza luna era testigo de aquellos accesos en los cuales sinceramente ansiaba yo abandonarlo todo, absolutamente todo: mi nombre, mi pasado, ese castillo donde imperaba el horror y la memoria bochornosa de mis innumerables crímenes; todo quería abandonarlo en el olvido reparador. Pero a poco de correr y correr cual un enajenado al que persigue el mismo diablo, tras mucho intentar abrirme paso entre las zarzas y las malezas informes que me arañaban con sus extremidades descarnadas, tal y como si se tratasen de las fantasmales sombras de mis inocentes víctimas a cuyas recriminatorias quejas parecían conferirles voz los chillidos del viento, siempre volvía la mirada atrás, hacia la silueta de ese teatro de atrocidad y crimen en que se había transformado mi castillo de Tiffaugues. Y todas las llagas de mis culpas infames, todas las heridas abiertas por mi propia saña en esos niños inocentes, todas las repugnantes cicatrices de los innumerables tormentos y vejaciones por mí perpetrados, asomaban entonces allí, sobre la piedra bañada bajo una luz espectral. Y aunque en esos instantes hubiese querido morir o desaparecer, acabar allí mismo mis días, siempre mi anhelo de vida era más intenso, se imponía a mi necesidad de expiación, y la vida para mí era inconcebible ya sin el disfrute del horror.

¿El por qué de este abominable disfrute? Es este un misterio incluso para mí mismo. Un misterio *indevelable* y que me sobrevivirá seguramente. Por otra parte, ¿quién es aquel que pueda explicar el motivo de sus gustos y desplaceres? ¿Es posible acaso justificar racionalmente el goce y la fascinación? ¿Por qué un canto coral conmueve hasta las cuerdas más íntimas del alma sumiéndonos en transportes inefables? ¿Por qué la caricia del sol agrada hasta el tacto más áspero y torpe? ¿Por qué la fragancia de una rosa nos excita, deleita y enamora? ¿No es todo ello algo que ocurre sencillamente, y más allá de nuestra comprensión? Yo presumo que mucho del común acuerdo, macerado al través de las incontables generaciones, tiene que ver en todo ello. Pero que por debajo de estos goces que pueden saborearse sin culpas, existen otros deseos de satisfacción adormidos en nuestras entrañas que nos horripilarían si alcanzáramos a oír sus salvajes reclamos. Esta es mi convicción, al menos. Que todo lo que yo he liberado ya estaba en mí. Que no fui yo quien lo depositó en mi seno. Que yo no soy peor que los otros; que todo lo más me he mostrado crecidamente atrevido. Que no hay aberración alguna perpetrada por mí, que no hay deseo removido de mi fondo abisal, que no hay instinto que haya yo espabilado de su largo sueño de tinieblas, que a cada quien no aguarde tras de esa última puerta que lleva al obscuro sumidero del ser —allí donde muy rara vez penetra alguna luz—. Y dicho esto, ni siquiera de mi atrevimiento y osadía me siento *culpable*, pues también vinieron conmigo; son ramificaciones de mi intrincada y tremebunda naturaleza.

Habrá quien estime que pretendo justificarme en este tramo último de las memorias que de modo desordenado, y aceleradamente, transcribo en hora tan aciaga. Sin embargo, nada más lejano a la verdad, o, cuando menos, nada más extraño a mis sinceras intenciones. Yo sólo pretendo (si es que algo pretendo con esta narración), y lo llevo manifestado desde un principio, servir de advertencia a los hombres venideros respecto de sus propios muladares, respecto del infierno que a cada cual aguarda en su interior tras de esa última puerta que jamás debiera ser abierta. Antes que amarse, muy mucho antes, debiera aprender uno a temerse a sí mismo, a fin de impedir amanecer un día enfermo de abominación. Y yo, que me he atrevido donde nadie se atreve, puedo decirlo; yo, que por mi alocada osadía pago hoy el más alto precio. Que no es la muerte inminente que me aguarda bajo suplicio atroz (pues para estas alturas, el castigo bajo tormento se me figura una bendición); sino haber hecho de ese suplicio atroz la razón de mi vida y mi mayor fascinación. Sé que mi nombre será asociado algún día a todo lo incalificable y agraviante para la condición humana, y sé que menos que del hombre que ya se apaga, hablará antes bien de un símbolo imperecedero: Gilles de Rais es ese nombre, y el símbolo que representa es el símbolo de lo enorme.

Cum tempore

Luis Collado Huertas

PRELUDIO

Salamanca. Año del señor de 1571

El aldabón del Convento Dominico de San Esteban, resuena secamente contra la plateresca puerta. El hombre que aguarda afuera, inclinado humildemente, admira la inmensa fachada, en tanto indica al hermano portero que posee documentos para entregar a Fray Bartolomé de Medina. El portero le indica, con gesto lacónico, que debe esperar al pie de la Escalera de Soto. Cuando le anuncian que un familiar de la Inquisición aguarda con misivas, a Fray Bartolomé por natural de gesto adusto, se le avinagra aún más. Con certeza adivina el designio de aquellos legajos. Mientras desciende con parsimonia por la elaborada escalera, recuerda la insistencia del Inquisidor de Valladolid, Diego González, quien abusando de su relación común con Tomas de Vitoria, ha insistido en que el teólogo investigue una hilada de misivas descubiertas por el Santo Oficio, por si de ellas se dedujera el uso de hechicería, antaño, en el Castillo de Villanueva del Cañedo. O acaso la intervención del Maligno en ciertas apariciones, que el vulgo ha dado en denominar de La Dama Blanca. Fray Bartolomé piensa que en esos momentos tiene cosas más importantes a qué dedicar sus menesteres. Sólo la cortesía le ha impelido a atender la Instrucción de los hechos que sucedieron años ha. Lo último que escucha el familiar de la Inquisición, al marcharse, es el suspiro resignado del fraile. En el claustral silencio, el sonido del lacre roto, para examinar los marchitos pergaminos fechados en 1500. Fray Bartolomé comienza a leer, con cristiana resignación.

***

«A Amanda de Ulloa:

»Mi muy ponderada hija: Espero que llegue a tus delicadas manos, esta misiva a priesa, pues ya mi vida se ve truncada por las gélidas manos de la muerte. Sei, y ahora mejor lo entiendo, como he sido villano con máscara de justo y discreto, no que el recto modelo como de mi profesión se esperaba. Pídote perdón, porque en lo más hondo de mi corazón, aúlla una pena cuyos gritos interpelan a redimirla y hacella desaparecer. Digo así, que la presente misiva que ahora te mando, debe estar mediada por austeros deseos de sentirme liberado de la tan pesada carga, de la que te hago sabedora. No por el amor sincero e altruista que como progenitor tuyo debiera tenerte. Desta manera, espero los cielos ofrezcan, posibilidad de consuelo y salvación a mi alma manchada; que si no se viera purificada, entraría a las ardientes pozas del tenebroso averno, acompañado de los demonios que engendré, a lo largo de mi pesarosa vida. Pues ya se sabe que un abismo llama a otro y un pecado invita a segundos y terceros. Aquesta es, la última petición que como padre te hago, con no otra intención, como la de compensarte por los errores que en tu crianza cometiera.

»Acerca del lugar al que dirigirte has, toda información traella el paquete que, atado con cuerdas de esparto, junto a la presente letra, he tomado la molestia de enviarte. El castillo de mi propiedad, localizase en el término de Villanueva del Cañedo, en Salamanca. Dió orden de construcción el excelentísimo Juan II. En siguiendo los mandatos de la Casa de Alba. Levantándole entonces sobre las ruinas de un anterior castillo, siendo propiedad de los Reyes Católicos, cedido en 1476 al mariscal de Castilla Alfonso de Valencia y Bracamonte; y un año después a mi persona. Conoces que es mi pertenencia más preciada. Mucho tiempo y trabajo he dedicado, con afán de realzar su belleza y magnificarla. Residencia habitual de tu queridísima y honrada madre, Teresa de las Cuevas, de cuya fermosura toda Castilla y pronto Dios mesmo, tendrá noticia. Sabrás enseguida como no has de haberte confundido, por la noble arenisca de Villamayor con que sus muros fueron construidos. El mesmo dorado de sol característico que baña las piedras de la cercana Villa Salmantina.

»Comprendo, que no es deseo de tan joven como eres, acudir ahora a tan inhóspito lugar, encontrándote en pleno regalo de la flor de la juventud, como tú te encuentras. Más, como dijera el grandioso poeta latino Virgilio: *Sed fugit interea, fugit irreparabile tempus*, y con él la poca vida que mi ornamento guarda. Acudo pues a tu condición de primogénita mía para embaucarte deste detestable viaje en que te encauzo. Mi único motivo, es ofrecerte a ti la verdad; y a mí, la oportunidad de expiar mis pecados a través de la pureza y virginidad de tus manos.

»No habrás de temer, una vez llegada, no acerca de tu conduta, de la comida o de la hospitalidad. Requerido he, a los sirvientes que allí me asisten, que te guardasen como la rosa más preciada y que cuidasen que no caya un solo pétalo del inmaculado cáliz que la sostiene; y todo queda ya adobado para tu llegada. Resultaría inútil de preocuparte por aquestas pequeñeces. Serás dispuesta de las mejores comidas, que los cocineros allí pudierante preparar, de las sábanas más limpias y frescas; lavadas en el mismo lecho del arroyo de Cañedo; y perfumadas con olores apacibles y aromáticos que las sirvientas ocuparíanse de poner, e ademas, de una total libertad para desplazarte por los intrigantes alrededores del castillo, todavía sin permiso de salir de los territorios colindantes hasta que mi persona, por medio de aquestas misivas, así te lo ordene. Luego, ruegote, trates de entretenerte, además de tu estancia allí y de distenderte en medio de la fermosa dehesa salmantina, pletórica de encinas y alcornoques.

»Te manda sus más fervientes y límpidos deseos, tu amado padre, Alonso Ulloa de Fonseca Quijada, Obispo de Ávila, Cuenca y Osma y señor de Villanueva del Cañedo».

***

«A Alonso Ulloa de Fonseca Quijada:

»Otro día que recibiese y hube leído tu propósito, albricias me inundaron. Dispuse todo para marchar en la misma mañana, por no perder tiempo y adelantarme a tus deseos, que me apena gravemente oír que tan apurados son de darse felice cumplimiento. Llegué desta manera al anochecer. Recogida por una triste y deslustrada luna llena. Funestos indicios los que el bosque ofreciome, que tornase a vislumbrarme con torvo mirar. El cochero pórtase cortés y discreto conmigo. Diome valiosos consejos para mi llegada al castillo y de estas cosas pasamos, en buena paz y compañía, en nuestro viaje nocturno. Tal como advertísteme, mis pulmones fueron llenados de la pureza del aire e la belleza de la dehesa, afectandome de buenas intenciones y claros pensamientos. ¡Qué bellos los cipreses y abetos que jalonan el camino que lleva hasta la fortificación! No puedo, todavía, decir lo mismo del viento furibundo y diabólico que a deshora pareció levantarse, en atravesando nuestro carruaje, el pedregoso camino. Me preocupaba vagamente que los muros de piedra del castillo conservaran el helado viento de afuera en demasía, más de lo que mi fina piel pudiera soportar. Aunque, sabiendo ya por tu carta, la resolución de procurarme una estancia reposada, imaginé que los sirvientes se habrían preocupado de encender antorchas, e de prender velas y candelabros, así como la chimenea del salón principal, con el objeto de que mi estancia en la fortaleza se tornara lo más acogedora y cálida posible. Puesto que madre no ha tenido licencia de compartir conmigo estos extraños días, al menos quería sentir la calidez de su abrazo en la calor de las llamas crepitantes de una hoguera.

»Como le digo padre, adiesso puse un pie más allá del puente levadizo, todo fueron contino buenas palabras, atenciones delicadas y un fino y cortés lenguaje, que debo achacar a tu tutela y paciencia con estas gentes, pues jamás oí a villanos que se expresasen en tan buenas maneras como las que en este dino lugar vide. Sin duda, vuestra influencia, y el poder que como sirviente de los cielos se te ha dado, ha realizado el milagro de abrir las obscuras mentes de tan tacaños, serviles e mezquinos personajes, e los ha llenado con la luz de la cultura y sabiduría; que de otro modo; jamás hubiesen alcanzado. Pues ya se sabe que querer atar las lenguas maldicientes, es lo mismo que querer poner puertas a la castellana dehesa. Cuanto puedo decir, es que ello me alegra, y ha llenado mi llegada de una apacible calma; que de otro modo, quizá se hubiera trocado en mal augurio. Ya conoce, Padre, que en estas cosas de fermosías, de hembras e delicadas, solas en oscuros castillos, se han de tomar dos veces precauciones. Quien anda a caza de peligro, perece en el mismo.

»Siempre tuya, tu amada hija, Amanda de Ulloa».

***

«A Alonso Ulloa de Fonseca Quijada:

»Padre, entre estos muros, dame impresión que no alcanzare a tomar reposo. Funesta visión es, la de las lóbregas estancias e angostos pasillos que las unen. Magüer, mayor temor me infunden, los grotescos personajes que entre estas paredes habitan. Tienen algo de sibilinos é zalameros. Sus hablillas y confidencias, me provocan espanto, y no poca inquietud. Dijerese que un oscuro hechizo impregna la atmósfera de la fortaleza. Pues dime padre: ¿Porqué me trujistes aquí?»

***

«A Alonso de Ulloa de Fonseca Quijada:

»Dime Padre, pues, ¿que quisiéredes que hallase? Si son amores, digo que grandes pretendientes esperan ya mis cortejos y finos modales, allá en Segovia. Si fueren joyas y tesoros, decir debo, que grandemente me satisface ya la herencia de tus cuantiosos caudales y acaudaladas tierras y alcázares. Más, si fuere otra cosa la que deseáis que encontrase; algo grotesco o algún oscuro logogrifo; que no debiera saberse. Prefiero quedarle enterrado, allá en las escuras e cavernosas profundidades en las que mora».

***

«A Alonso de Ulloa de Fonseca Quijada

»El chambelán, Padre, tuerto de un ojo, se ha convertido en mi sombra. A todo lugar me sigue y agasaja con galantes y untuosas maneras. Debo decir, que me inquieta su noctámbula vigilia. Va siempre con un candil prendido. Derramada cera, que desprende un fétido olor a queso mohoso, de los que derriten en Casar, allá en Castuera. Lo hace oscilar entre sus luengos dedos. Luego me mira fijo, con su único ojo tuerto. Ya conoce; padre; el mal agüero que semejante mirada atrae a los que no sufrimos de sus feridas. Amado progenitor, yo no sé si tendré gallardía de lidiar con tan angustioso lance. Vuelvo a preguntarle: ¿A fuer de que misterio, me ha condenado a tan funesto lugar?»

***

«A Alonso de Ulloa de Fonseca Quijada

»Amado Padre, a este lugar, lo ha tocado la mano del diablo. Debe ser este lugar del que Dios ha apartado la vista, o Círculo Dantesco. He visto aquí a hombres, en actitudes carnales, que de describillas en estas líneas, se me cerrarían las puertas del cielo. Si es que contemplar semejante aberración no pueda haberme trastocado ya la cordura. Las entrañas del recinto son cultivo del libertinaje y la vileza moral.
»Dígame ¿qué depravado lugar es este?»

***

«A Alonso de Ulloa de Fonseca Quijada

»Percibo pasos tras la puerta de mi habitación. Alguien, o algo indefinible me acecha por las noches. Escucho sus persistentes gemidos. Como de res agonizante. Rasca la puerta de mi cuarto con lo que deben ser al menos garras, horcas, zachas o rastrillos. Pues el ascender y descender de sus uñas por la madera, semeja serrucho oxidado. Jamás hubiese pensado que temor así pudiera adueñárseme; de mi alto linaje; como si de supersticiosa villana me tratase, o vulgar pagana. Se me antojan extraños ritos condenados; de esos que han sido llegando a nuestras tierras a manos de exóticas figuras talladas en negro corazón de ébano. Deidades prohibidas que tan diligente persigue nuestra Madre Iglesia. A pesar de todo ello, siento una deshonrosa manía durante las noches. Temiendo que esos gemidos puedan traspasar la puerta que protege la habitación, que la cerradura pudiera forzarse, y esa cosa que acecha allá fuera, penetrara en la habitación con sus; sean cuales sean; viles y zafios deseos.

»He glosado mis temores a mi ayudante de cámara. Se sorprendió de escuchar que tal cosa ocurriese delante de mi habitación, y se comprometió a guardar mi puerta e mi honra, por si fuera algún mendigo o bribón; que ya se sabe que clase de malas intenciones guardan dentro. O taimado malandrín que quisiera jugar con mi juicio y mi salud, en alguna clase de revancha a los gemidos que salen de su estómago, que quizá sean los que he venido oyendo por las noches. He tomado, digo, la resolución de cegar la puerta. La llave, de color dorado, que suelen llevar encima los gentiles-hombres que te ayudaron a vestirte, y otros ministerios ordinarios, en los que no debieran ocuparse señores como tú, y ahora a una importante señora como yo; la llevo colgada del cuello. Allí permanece sujeta por las noches, habitando entre mis manos y las siniestras visiones que en mi cabeza se amontonan.

»Espero en lo posible, que las próximas noticias que le envíe, sean más amables y mis amargos pensamientos se hallan esfumado para entonces como la vitalidad de las flores del jardín, que ya se inclinan ante el paso del frío invierno.

»Deseo fervientemente, que todas mis impresiones no sean más que las alucinaciones que provoca en doncellas como yo, la soledad o el alejarse de las ricas cortes palaciegas de Salamanca. De su animada y lozana vida de nobleza, tan cautivadora para aquesta mocedad. Echo de menos las fiestas e las risas. Los ricos manjares, las tinajas del áspero vino palaciego, rodando de mesa en mesa. Añoro los grandes nobles; de eminente casta; que me traen fermosos regalos, alabando mi lozanía y refinados modales, mientras bailan y canturrean. Sueño bucólicas canciones. Me hablan de grandes lides e interminables guerras. De conquistas gloriosas. Como tus afamados lances, al tomar batalla y ciudad de Toro y asediar Sieteiglesias, Cantalapiedra, Castronuño y Cubillas. Percibiendo por ello, con honores y solemnidad el apodo de "Obispo Batallador". Sirviendo con justicia y majestad a tu venerada Isabel. Compartiendo, de este modo, sangre, sudor y espadas con nuestra excelentísima majestad, Fernando de Aragón, el Católico, el bravo, a su llegada a Segovia. Ciudad de la que sabes, caro Padre, ando enamoriscada. Nobilísima villa. Allá me esperan hermosos príncipes y nobles; dispuestos a arrodillarse ante mi; prender mis manos con delicadeza y besarla gallardamente. No siendo, en demasía, atrevidos conmigo, para que yo les ofrezca favores. Ellos puedan ofrecerme sus arcas y parte de sus dividiendos. Pudiendo así disfrutar de mi fermosura y juventud, yo de su acomodamiento y contactos con la realeza. ¡Cuán gozoso asistir a todas esos regocijos maravillosos! ¡Beber y danzar melancólicas pavanas, hasta que la luna que me cobijó al entrar, desnuda de su marco de estrellas y en navegando el firmamento, estalle! ¡Elevándose en una esplendorosa esfera anaranjada, de potentes y victoriosos rayos! ¡Como lanzas de nobles de guerreros!

»Quizá haya sido todo una confusión de las sombras, (que en siendo noche), todos los gatos tornanse pardos».

***

«A Alonso de Ulloa de Fonseca Quijada:

»¡Anoche olvidé echar el postigo de la puerta! Algo inefable invadió mi habitación. Una presencia tan siniestra, que encontrarás emborronada la carta a causa de los temblores que todavía acometen mi mano. Al caer el día; igual que todas las jornadas desde mi llegada; escuché arrastramiento de pasos por el pasillo. Después, un gemir y rascar la puerta de mis aposentos. Pero esta noche, Padre, ¡Ay estúpida de mí! Me quedé hablando hasta tarde con una de las sirvientas. Cuando ella marchóse, me hallaba echada en el catre. De mi mente, habiánse borrado todo pensamientos de preocupación que me hubieran llevado a fechar con llave la puerta. Fue entonces cuando aquella creatura, al descubrir que la cerradura no estaba echada, empujó con malignas fuerzas e allanó mis aposentos. No me moví, enterrada entre las sábanas. Rezando en silencio para que Dios acudiese en mí acorro. La quimera se aproximó, lentamente, hacia mi lecho. Respiraba de modo contranatura y funesto. Como vapores de un caldero infernal; atravesando un exiguo tragaluz en túnel de subterránea gruta. Permanecí paralizada, mirando el muro que tenía junto a la cama, sin atreverme a girarme para observalla.

»Finalmente, aquella blasfemia se detuvo al borde del lecho. Supe, no porque lo viese de los mis ojos, sino porque una negra intuición me lo indicaba ansí, que se había quedado mirando mi cuerpo, a medias arropado por las gruesas mantas. Percibí que admiraba mis cabellos, salvajemente alborotados, extendidos sus innumerables mechones por toda la cama. Balbuceó entonces alguna cosa ininteligible. Infernal verbo. Nacido del yelo. ¡Horrísona voz! Era gemido de infante asustado, aflicción de niño. Sonido evadido del Hades. Era el clamor horrísono de las almas que moran el Purgatorio. Las voces de niños que mueren al poco de nacer; antes que les pueda ser extirpado el pecado original, y de este modo; a perpetuidad; vagan por el limbo, con sus diminutos cuerpecillos. Sin entender a que razón fueron judgados. ¡Desgraciadas almas! Yo sentí como si una de aquesas ánimas se deslizase junto a mí, e intentase abrigarse a la calidez de mi cuerpo, apenas protegido por un largo camisón fantasmal, cuyos volante blanco semejaba los inmaculados huesos de La Parca.

»Mis mayores temores. Las más terribles imaginaciones, cruzaron mi cabeza cuando la creatura comenzó a gemir de modo gutural. Balbuceaba, como con labios hinchados y amoratados por alguna picadura. Sus extraños gimoteos y quejidos crecieron en intensidad, mientras las ideas más perversas y tenebrosas galopaban mi mente. Como un quinto jinete del Apocalipsis. Con su copa rebosante de peste y plagas, para arrojarlos sobre mi ánima inocente y llenarla de horrores inimaginables. De pasiones mezquinas e innombrables.

»Poco a poco fueron acallándose sus sollozos. Hasta que el silencio habitó la habitación. Escuché entonces como la abominación marchaba. Despacio, funestamente, de mis aposentos. Cuando ya sus pasos casi habían escapado hacia el pasillo, armada de un valor desconocido, giré levemente la cabeza y me atreví a mirarlo. ¡Y lo que ví, aún me sigue atormentando en la mañana! Cuando Dios a amanecido y junto a él todos sus hijos y las buenas voluntades que trae él a al tierra. Cuando el sol difumina las garras retorcidas de los árboles, proyectadas sobre los paramentos exteriores y la bóveda del cuarto. Y en aquellos instantes que la casa retorna jubilosamente a la vida, y me siento confortada por la presencia de conocidos o de atentos sirvientes. Aún cuando se esperara de mí, que dejara las pesadillas a la noche, y los buenos corazones al mediodía, que quebrantan mala ventura. Recuerdo su cuerpo amorfo, enano, desnudo, dando traspiés. Y evoco sobre todo su rostro; diabólico y perverso; abatido como por una terrible maldición. ¡Aquella tez infantil, flácida, de ojos desproporcionados! Su ingenua expresión contranatura. Depravada candidez, que no podía sino ocultar dentro la mayor y más terrible de las maldades. ¡Ay Padre! Su rostro era el de un alma infantil del Purgatorio, escapada del limbo, que recorriera en su ingenua maldad el castillo. Desprendiendo de su cuerpo la más terrorífica y escalofriante corrupción. Más; sin saberlo; arrastraba consigo la terrible tragedia del pasado. Cubriendo sus muros con tan terrible afrenta a Dios, sin darse cuenta de ello. Es sin duda, Padre, el peor diablo que jamás pudiera hacer acto de presencia en el mundo. Ángel Caído que desconoce su estadía, encerrado en un ingenuo cuerpo de nonato.

»Llegados a este punto; Padre; le diré que si no me ofrece el permiso para abandonar presto este lugar dónde habita El Enemigo de nuestra fe, me veré obligada a desobedecerle, a renunciar; si fuera necesario; a mi condición de hija. Todo por alejarme pronto del más terrible lugar que hollara persona humana. Salvo quizá, Dante, al descender a la helada Prisión, en la que Judas; así lo creemos: recibe merecida sentencia».

***

«A Alonso de Ulloa de Fonseca Quijada:

»La más infelice de las pesadillas acecha. Me dicen que la nieve ha cortado las comunicaciones. Esta será la última letra que podré mandar y el último extracto de mi persona que podrá cruzar estos muros, antes de que Primavera derrita la nieve que ciega todas las salidas. Mi destino, sea cual sea, ya está fijado. ¡Dios sabrá proveer a mi alma de su justa recompensa! O de su justo castigo. Adiós; Padre dilecto; que tu alma encuentre consuelo a la diestra del Señor. Pues, sea lo que se que hicieras aquí abajo, ya no tiene remedio salvo la muerte. En ella, se decidirá la gravedad de tus pecados, así como tu justo destino. Pues; Padre; quien envía a su hija a sufrir de los errores que perpetró en vida, no merece la tierra de los justos, el vino de las almas puras, ni tampoco el castigo de los hombres errados. Pues merece que le veten hasta la entrada a los infiernos. Por ser aquesto consuelo al tormento, que en vida supone, cargar los errores de uno a los hijos. Y lavarse las manos como Poncio Pilatos, de la manera más despreciable y vil, dejando a la fortuna y al saber hacer de sus criaturas, el reparar las equivocaciones de su padre. Sírvale esta misiva de moraleja; Padre. Si es que sus huesos no han dado ya con la tierra. Ágole saber, que el amor por encima del mundo, a costa de lo que dicta la cabeza y no las pasiones. Es un pájaro de raso vuelo. A necios mata, y confunde, a virtuosos.

»Hoy me he purificado con ablaciones y la Oración, encomendándome al Paráclito. He adornado mi cuerpo con hábitos blancos. Voy a tumbarme sobre el áspero catre a dejarme morir. Quizá me fuerce el Hado a vagar por aquestas almenas, por aquestos lóbregos pasillos, durante toda la Eternidad».

***

EPILOGO

Fray Bartolomé de Medina siente un ligero escalofrío; pese a su formación teológica; mientras arroja los gastados pergaminos de las misivas a la chimenea. Tan sólo un instante de mundana debilidad. El chisporroteo rítmico del fuego despeja su mente privilegiada. Bastantes problemas se hacinan en su entendimiento, como para ocuparse de leyendas de la plebe y hechicerías de antaño. El dominico, olvida pronto la Instrucción sobre la Dama Blanca que le ha solicitado el Inquisidor de Valladolid. Si mendigan faena, él se la va a proporcionar. Pero serán materias de verdadera enjundia, medita. Como denunciar a ese díscolo de Fray Luís de León, que se ha atrevido a traducir El Cantar de los Cantares a la lengua del vulgo. Esto si son paños importantes. No las habladurías y mentideros varios sobre ánimas, damas blancas y otras necedades para engatusar al populacho.

Desertor

Carlos Ortega Pardo

En algún lugar del frente occidental. Octubre, 1918.

«Soy un desertor. Para qué insistir en negarlo, si ya estoy ante el pelotón de fusilamiento.

»"Un puto desertor de mierda", en palabras del adusto sargento que practicó el arresto, tras encontrarme plácidamente dormido, abrazado a mi fusil, en el fondo del cráter de un obús. Y no es que un cascote de metralla me hubiera dejado inconsciente hasta que la mala suerte me deparase aquel fatal encuentro con un suboficial particularmente apegado al reglamento. No, el sargento tenía razón. Estaba desertando, con todas las letras».

—¡Atención!

«Me había escabullido durante otra tentativa suicida de tomar la posición enemiga, a unos cientos de metros. Como siempre, sin apenas preparación artillera, a la bayoneta. A puros huevos —los nuestros, claro—. Los de los egregios miembros del alto mando, por contra, estaban —y seguirán— cómodamente instalados en la retaguardia, bien lejos del follón. Hijos de la gran puta. Poniéndose hasta el culo de coñac y capón asado frente a un afable hogar crepitante mientras, oleada tras oleada, se nos envía al matadero ¿A quién le importa, de todos modos? Somos basura. Peor, somos carne de cañón. Joder.

»Atravesaba la tierra de nadie, las balas zumbando por todas partes como avispas furiosas. Aullaban los compañeros, segados como espigas de trigo maduro por el fuego racheado de las ametralladoras. El tipo que corría justo delante, un mocetón rubicundo y jaranero con el que había hecho buenas migas, cayó fulminado, alcanzado de lleno en el pecho, reventado. Fue saltando su cadáver desmadejado que vi el cráter, algunos metros adelante, un poco a mi derecha. Eché cuerpo a tierra y me arrastré hasta él. Llegado al borde, me dejé caer dentro. Encharcado, los acribillados despojos de un enemigo se pudrían en su fondo —desde hacía bastantes días, a tenor del nada acogedor aroma que inundaba mi recién adquirido refugio—. Era preferible, en cualquier caso, al espeso enjambre de balas que sobrevolaban la yerma tierra de nadie —bastantes de las cuales, sospechaba, llevaban mi nombre.

»Aunque mi intención inicial no era más que la de esperar a que amainase un poco la tormenta de acero que nos barría con inclemente eficacia, tardé muy poco en tomar la decisión que finalmente me ha colocado delante de este paredón descascarillado de balazos: esperaría a la noche y me largaría. Ya había tenido bastante guerra para unas cuantas vidas».

—¡Firmes!

«He sobrevivido a un ataque con gas y a varios asaltos a la bayoneta —tanto ajenos como los verdaderamente peligrosos, los propios—. He salido entero de la terrorífica cortina de fuego enemiga y, sobre todo, de la amiga —la puntería de nuestros artilleros deja bastante que desear—. ¿Cuántas probabilidades habrán de alcanzar logro semejante? Muy pocas, que yo sepa, recontando grosso modo los tantísimos —buenos amigos, meros conocidos, pobres imbéciles— que se quedaron por el camino a escasos centímetros de mí. Imagino que en el futuro, cuando esta matanza sin sentido acabe, habrá eruditos que se entretengan calculando la corta esperanza de vida del soldado de infantería desde que por primera vez metiera su barato culo en la trinchera, y gilipolleces por el estilo con las que llenarse la boca de números. Porque a fin de cuentas no somos más que eso, números.

»Y, después de tragar tanta mierda, voy a acabar mi participación en esta guerra absurda atado a un poste y tiroteado a quemarropa por mis compañeros. Tiene cojones la cosa, la verdad».

—¡Presenten armas!

«Las ruinas de una aldea abandonada humeaban a pocos kilómetros. Sus artilleros, tan avezados como los nuestros, la habían convertido en un paisaje lunar antes de caer en la cuenta de que aquello no eran las posiciones enemigas y corregir el tiro. Cuando oscureciese lo suficiente trataría de alcanzarla. Con suerte podría hacerme con algún harapo civil que hubiese quedado entre los escombros. Y de allí a casa. A comer caliente y dormir entre sábanas limpias. A ensuciar esas mismas sábanas revolcándome a discreción con todas las tías, de pago o no, a mi exiguo alcance. Me casaría por fin con mi novia. Y, sobre todo, tendría los pies secos de una puta vez por todas. Si no era ésta la principal razón de mi deserción, sí se contaba entre las de mayor peso.

»El rostro agusanado de mi compañero de refugio parecía sonreír, como divertido con mis reflexiones en voz alta. Los cuervos se habían comido sus ojos. La poca carne barbada que cubría su socarrona calavera evidenciaba que los de allí enfrente iban tan justos de suministros como nosotros. ¿Cuándo acabaría aquel infierno? No mientras en el alto mando —los fajines de general a punto de estallar, impotentes ante tal avalancha de vientre satisfecho— tuviesen coñac que engullir y fresca carne de cañón que enviar contra las alambradas y las ametralladoras. No mientras todos aquellos reyes, káiseres, emperadores, zares y demás parásitos envarados continuasen aposentados en sus reales poltronas, jugando su particular partida de aje-drez con millones de peones inocentes».

—¡Apunten!

«En qué momento me quedé dormido, lo desco-nozco. Me dormía en el colegio y me duermo en el cinematógrafo, así que no me extraña. Además, esta-ba agotado, igual que todos. Días —semanas diría—, sin pegar ojo más que a ratos perdidos. Sucesivas cargas enemigas con su correspondiente preparación artillera. Nuestro contraataque, y ese último asalto en el transcurso del cual había decidido quitarme de en medio. Demasiada tensión acumulada. La pers-pectiva de librarme de toda aquella mugre hecha de incompetencia, metralla, balazos a traición y cuerpos despedazados debió de ejercer algún efecto narcótico en mi sobrecargado sistema nervioso.

»Una patrulla hacía una batida nocturna, en busca de supervivientes, armas abandonadas, espías y escaqueados como yo. Al alto mando le gusta dar ejemplo fusilando sumarísimamente a unos cuantos desertores de vez en cuando. Por cierto que su concepto de desertor es algo más amplio que el recogido en las ordenanzas. Incluye no sólo a quienes lo somos a conciencia, como es el caso, sino también a aquellos que no han mostrado todo el entusiasmo debido en la correspondiente carga. Y es que, tras más de cuatro largos años de guerra, algún fino estratega ha llegado a la aguda conclusión de que no es ya la moral alta lo que, en último término, nos empujará a arrojarnos contra las ametralladoras enemigas, sino más bien el miedo a los fusiles propios.

»Podría haber pasado por muerto... de no haber sido por los estentóreos ronquidos. Fue precisamente eso lo que los atrajo a mi cráter, oportunamente invisible en la negrura de la noche sin luna. No recuerdo con qué estaba soñando, pero debía de resultar francamente agradable, pues al sargento que encabezaba aquella patrulla fatal le costó más de un zarandeo traerme de regreso a este perro mundo que nos ha tocado en suerte. «¡Puto desertor de mierda! Echa a andar antes de que te pegue un tiro yo mismo», masculló. Me desarmó y con una patada en el culo me puso en marcha.

»En fin, de un modo u otro la guerra ha terminado para mí. Lo que más me jode es que sigo teniendo húmedos los pies».

—¡Fuego!

El rey Aurelio I, Orélie Antoine de Tounens: ¡un francés loco de atar!

Isabel Hernández

Ya llevaba enfrentando casi un centenar de embestidas, más de la mitad de las campañas del ejército republicano contra su pueblo, su Confederación y sus malones, pero el Ñgidol Toki Juan Kalfukura, el temido cacique Piedra Azul, aún no lo sabía. Todavía no se habían hecho esos recuentos ni se había escrito esa historia.

Corría el mes de marzo de 1872 y comenzaba a sentirse frío en los cañadones próximos a las Salinas Grandes. La pampa argentina empezaba a secarse, la línea de los fortines avanzaba, escaseaban las viandas en las tolderías y cada día era más difícil defender la frontera. Juan Kalfukura presentía que, pronto, a sus lanceros les esperaba una aplastante derrota en San Carlos. Encima, se sentía viejo, vacío de aquella fuerza y vitalidad que lo asistían en otros tiempos.

Recio e inmóvil y con el poncho pampa sobre los hombros, miraba desde un otero la línea recta del horizonte y el color plomo de las nubes bajas.

El silencio era tenso, la atmósfera turbia.

A su lado, paciente y jugueteando con los dedos y la punta de su pluma, el joven escribiente esperaba el fin del mutismo, sentado en un improvisado escritorio de cajones viejos, de los que alguna vez transportaron las vituallas del Ejercito de la Confederación Argentina.

El viento silbaba cuando sacudía los matorrales, suave e intermitentemente. El resto seguía siendo silencio.

El gran lonko continuaba inmóvil y callaba. Con una voz grave, acostumbrada a las órdenes de mando, finalmente habló Kalfukura y sus palabras resonaron en la quietud de la pampa. Hubo un leve, imperceptible sobresalto en el escribiente.

—Dígale no más a ese general Mitre que yo soy un hombre de palabra, que pienso y pienso y que ya me cansé de que me acuse de malonear y cuatrerear sin razones, que se me acabó la prudencia y jamás me vendí por azúcar y yerba. También escriba ahí que mi gente está dispuesta a hacerle besar el polvo de nuevo, a su coronelito Rivas.

La voz enmudeció nuevamente. Se desaceleró el correr de la pluma. El escribiente, sin embargo, no levantaba los ojos del pergamino. Pensaba en cómo recordarle al temido Ñgidol Toki que la carta debería ir dirigida al Presidente Sarmiento; cómo decirle al viejo que su otrora astuto interlocutor, don Bartolomé Mitre, andaba en otra, pavoneándose entre lo peor de la ralea política rioplatense y hasta dándoselas de escritor y periodista.

—Escriba ahí que tengo listos seis mil lanceros, jinetes veloces, diestros con el sable y el cuchillo y fieros con las boleadoras. Y que, si quiere, que me mande doble tropa nuestra también, al mando de ese malparido de Colikeo o del propio Katriel. ¡Esos traidores! Traidores es poco, carajo, si se parecen a los perros wingka. ¡Alimañas rastreras! ¡Wekufu!

De vuelta el silencio.

—Tanta bravura y degüello y hoy ni siquiera Namunkura, mi propio hijo, parece estar mostrando sus agallas.

Otra larga pausa.

—Está bueno, peñi, esto último no se lo escriba. Mejor no le escriba nada de todo esto a ese general cabrón.

Silencio largo, larguísimo. Desazón en los ojos cansados del jefe vorogano. Entumecimiento y desasosiego en el solícito escribiente. El viento a ratos sopla con más fuerza pero no logra mover las nubes, cada vez más bajas, aplastantes.

A ras del suelo revolotean unas pocas bandurrias mientras el cuadro se detiene indefinidamente en el tiempo subjetivo del escribiente, hasta que algo irrumpe en forma inesperada, se estremece la desidia y se triza la quietud de la pampa.

Un par de centinelas del sur-poniente aparecen en la huella y se agitan con movimientos bruscos; mueven brazos y manos, como titiriteros, bajo un estallido de alas de bandurrias. Kalfukura gira expectante y se proyecta hacia el valle, con una mirada feroz observa el movimiento alrededor de sus toldos, donde sigue con calma la rutina pausada de la próxima embestida. Se vuelve y mira nuevamente al sur-poniente. Ahora ve aumentar la agitación, se escucha un aullido humano que simula una trutruka y ya todo el cuerpo viejo del cacique Kalfukura está alerta, se agudiza su vista miope, sus músculos adquieren otra tensión, a su mente se le borra hasta la figura de don Bartolomé Mitre y obvia por completo la presencia del escribiente. Hasta que, finalmente, los ve llegar.

—¡Y justo ahora me viene a caer este francés loco de atar! —vocifera—. ¡Por la chucha!

Rodeado de dos lanceros y otros tres hombres de a pie, surge la figura inconfundible de Orélie Antoine de Tounens. Viene cabalgando mal, con el andar cansado, casi sin aperos, flaco y encorvado como un tísico.

¿Cómo habrá encontrado la huella? ¿Cómo habrá llegado así, este hombre, indefenso y solo? ¿Cómo se habrá arrimado sin ser visto hasta estas tierras de las Salinas Grandes, hasta las puertas mismas de la otrora temible Confederación Mapuche de Kalfukura?

—Vamos, peñi, ya no hay nada más que hacer aquí. Ya no hay tiempo para pensar en parlamentos; hasta te vas a zampar tu buena presa de kawellu por haber hecho nada en todo el día. ¡Encima tendremos noticias de Kilapán, Mangin, Lemunao y los otros renegados del sur!

Orélie Antoine de Tounens venía de más allá de los Andes. Este francés huraño y testarudo que fue proclamado Rey de la Araucanía, allá por los años sesenta de ese siglo, no era la primera vez que se aquerenciaba por las Salinas Grandes. El gran cacique Piedra Azul lo estimaba y le había dado abrigo cada vez que los republicanos chilenos andaban pisándole los talones, y prometían fortunas a quienes lo delataran.

Agitado y alegre, pensando en las noticias que traerá el francés de los reinos del sur, Juan Kalfukura camina cerro abajo más rápido que el joven escribiente, imparte las órdenes del caso y empieza la barahúnda. Tres hombres, aullando, corrieron detrás de un potro, los niños avivaron los fuegos, las mujeres riendo y gritando, alguna lagrimeando, dejaron el cimarrón o las lanas para buscar el kultrun, el barril de muday y la ginebra.

En medio de tanto revuelo se fundieron en un abrazo el grueso poncho de castilla negro del rey francés, y el fino pampa oscuro cruzado de chakanas blancas de don Juan Kalfukura. Pero hasta ahí llegó la alegría del mapuche y el fingido garbo del francés.

El rey Aurelio, Orélie Antoine I, quedó sin resuello, se desmoronó como saco de papas y cayó al piso.

Mientras algunos se ocupaban del extenuado y su desdicha, los más no pudieron disimular su ansiedad y asaltaron sin titubeos los aperos del visitante. Varias manos urgidas rebuscaron entre las alforjas, otras sostenían las riendas y la montura.

Y nada. Ni noticias de las noticias esperadas, ni los acostumbrados, infaltables presentes.

Se acercó el gran lonko y también hurgó: unas pocas prendas sucias, dos manzanas podridas y mucho polvo sobre el barro seco, de aquí y de allá, de la Patagonia y la Araucanía, de toda la Nación Mapu y, entre polvo y polvo, un ramo de copihues rojos secos, enredados en un retazo de encaje y atados con un lazo desteñido de color azul añil.

—Si será maricón este hombre. Ni que viniera viajando con cristiana, ¡miren lo que se trae!

Copihues. Por primera vez en mucho tiempo, asomaron las nostalgias en los ojos del cacique Kalfukura.

Copihues rojos como la sangre, junto a los recuerdos de su infancia y su juventud en Boroa, en Chile, al oeste verde de los Andes. Todo se agolpó en sus adentros como aquella vez que, en Michitué, le escribió al entonces Gobernador Juan Manuel de Rosas: «Yo no estoy en estas tierras por gusto, sino que fui llamado por usted, porque a usted se le antojó que yo era el hombre indicado para gobernar estas pampas y ahora hace como 30 años que ando por aquí». Y pensar que desde aquella queja habían pasado otros once inviernos.

Ni una noticia de Gülumapu, ni un solo recado del sur. Sólo estos copihues desvanecidos, pensó Kalfulkura, y con decepción poco disimulada en su voz ordenó a los mirones:

—Dispérsense, dispérsense y les autorizo la jarana. Denle nomás a la ginebra y también a los kawellu dispuestos para el francés.

Fueron muchas horas de fiesta hasta que, al final, terminaron los juegos del palin, los vaivenes del purrun y del choike, se apagaron los fuegos y los gritos, callaron los golpes del kultrun y vino la cerrazón.

En el toldo mayor, seis días y sus noches durmió el rey francés. En las cercanías se repetían las escaramuzas. El clima afuera, en la pampa, y el interno, en la toldería, empeoraba hora a hora. Todas las mujeres del Ñgidol Toki Juan, varias machi, alguna cautiva y sin duda uno que otro pillán, pasaron junto al catre del visitante. Hierbas, sangrías, cataplasmas, brebajes y humaredas le subieron y bajaron por el cuerpo hasta que, en la séptima mañana, el francés despertó.

Orélie Antoine de Tounens miró expectante al viejo Kalfukura que estaba a su lado, quieto, solo, distraído, sentado en el suelo y, casi como con un ronquido de español afrancesado, le dijo:

—¿Dónde está Llanka?

—No está más —respondió el lonko.

—¿Cómo que no está más?

—No está más, peñi. Debe andar lavándole la mugre a la mujer de algún tenientucho. Se la llevaron... Así nomás son las cosas. Así es esta guerra.

—¿Dónde está Llanka, Juan? Usted sabe muy bien dónde está.

—¿Y para qué la quiere? Usted ya está viejo, feo, enfermo y sin reino.

El viejo Toki con aire socarrón se levantó con dificultad y, lentamente y en silencio, salió del toldo mayor. El diálogo se acabó y así nomás fue, sin más palabras.

Llanka Kayukeo era joven y era bella pero, según la opinión del cacique Piedra Azul, sin ninguna sabiduría. De otra forma no se hubiera encargado de enamorar al rey francés, con lo huraño y mal hablado que era este wentru con las mujeres, pensaba el viejo. Era una mujer melancólica, sin linaje conocido, pero que le había sabido ganar el corazón a ese hombre que había recorrido el mundo para terminar recalando en la mitad de la Nación Mapuche, arengando noche y día sobre monarquías, ministerios y otras babosadas. Llanka Kayukeo era tierna, buena amante y sabía cuál era su lugar en la cama y en la vida del francés. Pero ahora estaba ausente; ése era su único pecado, cometido contra su voluntad.

Pasaron los días pero no los trajines alrededor del toldo y del catre del huésped, quien, al parecer, se encontraba olvidado de la mano de cualquier dios, lejos de algún amago de voluntad y verba. Poco a poco los anfitriones se fueron aburriendo, dedicándose a otros menesteres y olvidándose del lacónico extranjero. Hasta que una madrugada de niebla se le apareció, locuaz, el Ñgidol Toki Juan Kalfukura y le dijo:

—Mire, peñi, las cosas están calientes. Aquí en Puelmapu lo buscan tanto como del otro lado de la cordillera, y usted sabe que éstos que se dicen chilenos y argentinos, y que se pelean cada dos por tres hasta por un pedazo de cerro, cuando tienen que jodernos a nosotros no andan con vueltas y se olvidan de sus diferencias para atacarnos por las cuatro orillas, todos juntos y amarrados. Aunque usted no quiera hablar más que de mujeres, yo sé muy bien cómo andan las cosas por el sur.

Desde el rincón del catre no se oyó palabra.

—Francés, usted se tiene que ir.

Otro silencio y un gemido ahogado, casi un lamento.

—La niebla va a seguir por un buen rato y hay que aprovechar su abrigo. Yo me voy a la cabeza de mis lanceros y usted se va por los bordes. Va a ir con baqueanos. Y esta vez se va lejos, peñi, donde mismo nunca tuvo que haber salido y a ver si aprende de una buena vez, como yo tuve que aprender de estos wingka malparidos, que por este lado del mundo no es soplar y hacer botella, peñi.

Fue la última vez que el rey francés vio al cacique y la última vez que escuchó palabra de la boca del gran estratega. Ñgidol Toki Juan Kalfukura marchó con sus huestes hacia la derrota de San Carlos.

La niebla, el coraje de la chusma y la precisión de sus lanzas lo ayudaron, pero la correlación de fuerzas le fue adversa. Chao Ngenechén, su dios mapuche, se había quedado del otro lado de la cordillera.

Al mismo tiempo, sin ninguna voluntad de despedida, débil todavía, con nuevos aperos y buenas provisiones, el francés abandonó las Salinas Grandes. A paso cansino, él y los baqueanos se fueron alejando de la suerte del cacique Piedra Azul.

Soledad y desconsuelo acompañarían al prófugo en su larga marcha. Toda una agonía.

En el alto de la primera noche, el francés descubrió entre sus nuevas pilchas el ramo de copihues rojos secos, enredados en un retazo de encaje y atados con un lazo desteñido de color azul añil. En la otra alforja se encontró con un viejo pergamino apenas garabateado, una pluma y algo de tinta espesa que le había deslizado, calladamente, el joven escribiente de don Juan Kalfukura. Esa noche el escribiente estaba por tomar parte destacada en la batalla, cabalgaría orgulloso, guiado por el viejo Toki, pero a sabiendas de que, esta vez, le tocaría cartearse con la muerte.

Durante los días en que continuó la travesía, Orélie Antoine de Tounens no intercambió palabra con los parcos baqueanos y nunca supo cómo cruzaron la línea de los fortines. ¿Por dónde cruzarían estos silenciosos indios que en todo el trayecto no llegaron a divisar un caserío ni se cruzaron con el alma de un solo gaucho, por esos llanos áridos de Olavarría, Azul y Bragado? En su destierro por las pampas heladas del invierno sólo conoció el silencio y la necesidad del olvido. Sin embargo confiaba en que, aún contra su voluntad, Buenos Aires, la Reina del Plata, lo esperaría al final de aquel calvario.

Fueron transcurriendo sin prisa las noches oscuras de la luna nueva, más tarde se sucedieron otras y otras lunas.

Un atardecer, ya repuesto de sus males físicos, irreconocible, vestido de elegante paisano, el francés fumaba sentado en el rincón de una concurrida pulpería de la no menos concurrida Avenida de Mayo. Solitario e indiferente a todo su alrededor, miraba en silencio el vaso de ginebra que tenía frente a sí. A ratos levantaba la vista y, a través del ventanal, observaba los trajines de la ciudad porteña. Estaba terminando el tiempo del frío y de las lluvias, aquella noche prometía ser apacible. Por la ancha puerta abierta del viejo almacén entraban y salían parroquianos bulliciosos; la mayoría eran inmigrantes desesperanzados, de esos que venían postergando sus sueños hasta el cansancio.

Orélie esperaba que en un par de días zarpara su barco rumbo a Europa. Pensaba en el sentido de su vida en el sur, entre tantos hombres y mujeres indómitos que lo habían acompañado en sus hazañas. A la vez trataba de recordar la vieja manera de nombrar las cosas y articulaba, con cierta amargura, las olvidadas palabras del idioma que tendría que volver a usar en su tierra natal. También pensaba en su amigo, el cacique Piedra Azul, y en todo lo que había sabido calcular el gran lonko. Se preguntaba en qué momento y con qué astutos mecanismos planificó todos los detalles de la huída, el derrotero de los baqueanos, las postas, el recambio de las bestias, las señas clandestinas, su albergue en Buenos Aires, los controles, las papeletas. «¡Lo que es tener amigos hasta entre los enemigos, viejo zorro!», admitió agradecido y bendiciendo lo paradójico de su destino.

—Flores, flores, claveles, clavelinas, las primeras violetas...

La cantarina voz de una vieja florista superó el murmullo de bebedores y comensales.

—Flores para su amada, monsieur.

La florista se acercó al impávido francés, eligió en su canasto un pequeño ramo multicolor y le dijo con picardía:

—Flores para su amada, monsieur de Tounens... ¿Le gustan éstas o prefiere los copihues rojos? ¿Los quiere atados con encaje y lazos de azul añil?

Atónito, el aludido incorporó todo el cuerpo, se turbó y lo sobrepasaron las preguntas sin respuestas. ¿Su nombre propio y los copihues? ¿Qué podía conocer esta mujer de él, de su vida? ¿Cómo podía saber de la desaparición de Llanka y de la afición de su amada por los copihues, del ramo que, con tanto amor e inútilmente, él le había traído desde tan lejos?

Orélie no balbuceó palabra ni pudo reaccionar cuando la mujer, con cierto disimulo, le entregó un sobre de buen tamaño amarrado con un fino cordel de muselina granate. Luego lo miró con los ojos chispeantes y le dijo:

—Madame Marlene está molesta porque usted no ha ido a visitar a sus bellas damas y a pasar una placentera velada en su casa del bajo. ¡Vodevil, vodevil, monsieur, pura vida! Pero Madame Marlene lo perdona y le envía la papeleta y los billetes para su señora esposa. Lo dejo con Madame de Tounens. Bon voyage, monsieur.

La vieja alzó la voz y siguió abriéndose paso entre los parroquianos:

—Flores, flores, claveles, clavelinas, las primeras violetas...

Orélie apartó el sobre. Estaba lívido y seguía confundido, hasta que pudo ver delante suyo, incrédulo, la figura de una mujer delgada y frágil, impropiamente vestida con un traje lujoso de pana bordado que caía sobre unas delicadas botas de charol rojizo. Los cabellos negros eran largos y espesos y llevaba un fino sombrero de paño azul, bajo cuya veleta, el hombre pudo ver los ojos oscuros, inconfundibles, de Llanka Kayukeo.

Dicen que el francés se paró con esfuerzo, tambaleándose, que desapareció para él el entorno y su desconcierto, que abrazó a la mujer y se le desbordó la vida en ese abrazo. Sin dejar de mirarla, condujo a Llanka fuera del almacén y en su mente empezó a encontrar todas las respuestas perdidas y descubrió, una a una, las tretas de su amigo, el cacique.

Viejo zorro, este Kalfukura. «¡Lo que es tener amigos hasta entre los enemigos!», repitió para sus adentros, emocionado, el francés. La astucia y las influencias del lonko no sólo habían alcanzado a los políticos: también a las prostitutas de la capital. Juan Kalfukura había sabido tender sus redes por todas partes, hasta donde prosperan las mafias de identificación.

«Viejo zorro», siguió murmurando junto a Llanka, arregostado en el asiento trasero de un vetusto carruaje algún tiempo después, rumbo a su pequeña casa de la campiña de Chourgnac, en la lejana Francia.

Piedra verde

Eva Martínez Bajo

Todos dormían cuando papá y yo salimos de la cabaña. Caminamos en silencio entre las casas del poblado.

Yo tenía miedo. No sólo porque nos vieran haciendo lo que pretendíamos hacer, sino porque no me parecía bien. Nada bien.

Nos encaminamos hacia el lugar donde descansan los muertos, sin perturbar el sueño de nadie. «Sólo el de ellos» —pensé y seguí caminando tras mi padre. Pero lo hacíamos por una buena razón. Mi madre y mi hermanita se lo merecían.

Mamá había tenido un embarazo complicado. Todos lo son, teniendo en cuenta que hacer las tareas propias de una mujer en ese estado, no es fácil. Si a eso le añadimos que desde el primer momento tenía vómitos, se le hinchaban los pies y sentía unas punzadas terribles en el vientre, el resultado no era muy alentador. A veces las mujeres mayores la obligaban a sentarse y descansar un rato. Ella no quería. Lo que no hiciera mamá lo tendrían que hacer las otras mujeres y ella no era la única embarazada. Aunque si la única que sufría tanto.

Suerte que sólo tenía un hijo de ocho años; yo. Muchas mujeres a su edad tenían varios hijos que se llevaban entre ellos dos o tres años. En su estado, cargar con un bebe hubiera supuesto su muerte mucho antes.

El día del parto no fue mejor. Se oían sus gritos en todo el asentamiento. Yo me tapaba los oídos para no escucharla y papá daba vueltas delante de la entrada de su cabaña esperando noticias. La quería mucho.

De vez en cuando asomaba la cabeza una de las mujeres que atendían a mamá, con la cara colorada y con sudor cayendo por sus sienes, para explicar que las cosas no iban bien.

El tiempo no pasaba lo suficientemente deprisa. De repente salió la anciana del pueblo y, cabizbaja, nos dijo que mamá había muerto.

Yo quería llorar, pero no podía hacerlo delante de mi padre. Papá me rodeó con su brazo y preguntó por el bebé; la anciana negó con la cabeza. Entonces oímos el llanto del recién nacido. Los dos hicimos ademán de entrar y la vieja se puso en medio. Volvió a negar. La niña no sobreviviría a la noche. Me solté del brazo de papá y entré en la cabaña.

Una mujer joven tenía a mi hermana en brazos. Era Ka, la conocía del poblado. Tenía un hijo de apenas un año al que todavía amamantaba.

Ka intentaba darle el pecho a mi hermana. La niña estaba desesperada buscando la leche y la joven negaba con la cabeza. La pequeña empezó a bramar de nuevo y giró su cabeza hacia mí. Al verla di un paso atrás. Era... no sé, algo horrible. Su boca... el labio superior estaba partido en dos y la abertura se le juntaba con el agujero de la nariz. Nunca había visto algo así. Luego miré sus ojos... eran igual que los de mamá, de color gris. La quise en ese mismo momento.

Ka me explicó que la pequeña no podía agarrarse al pecho porque su labio estaba abierto y no conseguía succionar. No podía alimentarla.

Se pasó toda la noche y la mañana del día siguiente intentándolo. Mi hermana no paraba de llorar. Luego, el llanto se tornó suave, hasta que calló para siempre.

Los hombres del pueblo empezaron a cavar la tumba de mamá la mañana siguiente de su muerte, poco antes que muriera mi hermana. Un hombre picaba con una azada y otro sacaba la tierra con una pala. Papá lo hacía con sus manos callosas. Cuando estaban cansados los sustituían otros.

Me dejaron participar, pero todavía era un niño y mis manos no eran tan fuertes. Se hincharon enseguida.

Papá me llevó a un lado y me explicó el plan de esa noche.

Éramos una familia humilde, como muchas en la aldea y sólo teníamos un vasito de barro y punzón de hueso de mamá para dejarle de ajuar en su tumba. Ella solía utilizarlo y tenía un gran valor sentimental porque su madre, mi abuela, se lo dio al unirse con papá. Pero no teníamos nada más para poner junto a su cuerpo. Papá siempre decía que un día le traería una de esas piedras verdes que se sacaban de aquellas minas que estaban detrás de las montañas, cerca del mar, y le haría un bonito collar. El problema era que eran muy difíciles de conseguir porque había que cambiarlas por una gran bolsa de semillas y dos ovejas, como mínimo. Y en los escasos viajes en los que había podido ir a las minas, lo que llevaba para cambiar no había bastado para convencer a los mineros de hacer el trueque.

Así que había llegado el momento de que mamá tuviera la tan ansiada piedra y se la llevara consigo.

Lo miré extrañado y me explicó que, aquella noche, cuando todos durmieran, iríamos a las tumbas de la colina.

Nos acercamos a la zona más alejada de la aldea y papá eligió una de las tumbas. Parecía tener muy claro cuál buscaba, miró en derredor, hasta que la encontró.

—¿Quién está enterrado aquí? —quise saber. Más por curiosidad que porque realmente importara.

—La abuela de Bo.

—¡¿Cómo?! —contesté con un grito ahogado saliendo por mi garganta.

Bo era una mujer detestable. Sus padres tenían una buena posición dentro de la aldea, pero eran huraños, altivos y de mal carácter.

Su padre Tao, era un gran tallador de sílex, con el que hacía muy buenos cuchillos. Los cambiaba por las piedras verdes. Al morir su madre, la abuela de Bo, le dejó un bonito collar en su tumba. Era un hombre reconocido por el resto del grupo, pero solía tener muy mal carácter.

Tanto que Bo no consiguió marido. Por mucho que su padre reuniera variscita, bloques de sílex melado y obsidianas. Nadie aceptaba nunca la dote.

Además nos odiaba, especialmente a mi madre claro. Bo intentó cortejar a mi padre; desde muy pequeña se fijó en él. Pero papá eligió a una humilde muchacha, dulce y cariñosa, llamada Lu; mamá. Y se negó a aceptar las riquezas de la familia de Bo.

—Sssss —chistó mi padre—. Luego te lo explico. Ayúdame a sacar los troncos.

Uno a uno, sacamos todos los tablones de madera y las pieles que cubrían la tumba de la anciana. Olía fatal. Papá apenas arrugó la nariz; yo tuve que tapármela y respirar por la boca.

La luz de la luna nos alumbraba. Allí no estaba la abuela de nadie. O al menos, no lo que yo esperaba encontrar. Sólo un montón de huesos, que simulaban la forma de un humano.

Alrededor de lo que parecía el cuello, había un hermoso collar, con dos cuentas de variscita. La primera piedra era grande, la que le seguía, era idéntica pero más pequeña. Las dos tenían forma de cilindro y un minúsculo agujero por donde pasaba una delgada cuerda. La forma en sí no era especial, pero a la mañana siguiente, descubrí porqué papá quería aquel collar.

El color de la variscita normal es verde. Pero estas dos piedras eran diferentes; aunque eran también verdes, el tono se acercaba más al gris, el color de los ojos de mi madre... y aunque papá no lo supiera, también los de mi hermana.

Papá cogió el collar con rapidez, sin cuidado, y desordenó los huesos del pecho que había debajo de él.

Volvimos a colocar las tablas sobre la tumba de la abuela de Bo y nos dirigimos a casa. Una vez allí, papá cogió un cuchillo de sílex y cortó la cuerda, separando las piedras.

Rebuscó entre sus cosas hasta encontrar una tira de cuero nueva y suficientemente fina para introducirla por el agujero interior de las cuentas de variscita. Hizo dos collares, una más grande para su amada y otro para la pequeña.

A la mañana siguiente estaba todo preparado.

La ceremonia fue como todas, triste, emotiva y con todo el poblado delante de la tumba. Papá colocó el cuerpo de mamá acurrucada, rodeando con su brazo a la bebe, como si la abrazara. En los cuellos de las dos lucían las preciosas variscitas.

Yo busque entre la gente a Bo. Vi cómo se situaba en primera fila, cerca de papá, como un lobo a punto de saltar sobre su presa. Apoyó la mano en el hombro de papá para consolarlo, él no se dio cuenta. Entonces miró hacia la tumba y sus ojos brillaron de envidia, con un deje de odio.

Quizá fue mi imaginación, pero creo que reconoció la variscita... ¡Y tanto que la reconoció!

En los días siguientes, muchas mujeres pasaron por casa por si necesitábamos algo, sobre todo dos de ellas. Flo y, como no, Bo. Una sólo trataba de ser amable; la otra intentaba de nuevo conquistar a papá. Él agradecía el gesto, pero no podía pensar en otra mujer; el recuerdo de mamá era demasiado fuerte como para borrarlo tan rápido.

Papá enseguida hizo amistad con Flo. Y Bo, al verse otra vez desplazada... empezó a urdir su plan.

Una mañana vino a nuestra cabaña y le preguntó por los collares. Papá le explicó una historia muy creíble sobre un trueque con los mineros que vivían tras las montañas.

—Espero que en tu próximo viaje traigas uno tan bonito para mí —dijo ella coqueteando mientras le rodeaba el cuello con los brazos.

Mi padre, la cogió por las muñecas con suavidad y se deshizo del abrazo mientras le contestó:

—No puedo olvidar a mi compañera. Para mí lo era todo. Si buscas un compañero deberías hacerlo en otra cabaña.

Se dio media vuelta para no verle la cara de decepción y odio. Y ese fue su error.

Lo recuerdo como si pasara lentamente.

Bo lo miró fijamente, con ojos de rana, sin poderse creer que estuviera pasando de nuevo. Miró al suelo, y al lado de un pequeño molino, una piel estirada, unos cereales molidos y unas lascas de sílex, vio una gran lámina. Sin dudarlo un segundo la cogió, se puso de puntillas detrás de mi padre, le agarró el pelo, obligándolo a estirar el cuello hacia atrás y le hizo un corte de lado a lado.

Papá se dio media vuelta, puso sus manos sobre la herida abierta pero ya no había nada que hacer. La sangre salía a borbotones. Los ojos parecían querer salirse de su lugar. Miraban a Bo sin comprender.

Ella respiraba con dificultad por la excitación, demasiado rápido. No le quitó la vista de encima hasta que cayó redondo en el suelo.

Yo no podía creer lo que estaba viendo. Todavía no había asimilado la muerte de mi madre y mi hermanita, cuando mi padre se moría ante mí. Me arrodillé junto a él e intenté ayudarlo con la herida de la garganta, mientras le suplicaba que no me dejara él también. Pero ya estaba muerto.

Miré a Bo pidiendo una explicación. Ella me devolvió la mirada con desprecio y, en tono amenazante dijo:

—Sé que esas piedras que llevaba tu madre y la pequeña eran de mi abuela. Si le dices a alguien lo que acabo de hacer les diré que eres un ladrón de cadáveres y te desterrarán de aquí. No creo que dures mucho ahí fuera.

Salió de la cabaña y me dejó allí, con papá estirado en el suelo y yo arrodillado junto a él, con las manos ensangrentadas, llorando todo lo que no había llorado en los últimos días.

No sé cuánto tiempo pasó hasta que Flo apareció por casa para ver cómo estábamos. Traía frutas en las manos recién cogidas. En cuanto nos vio soltó las frutas y corrió a abrazarme.

No me preguntó qué había pasado, al menos no en ese momento.

Al final les dije a todos que mi padre no había podido soportar vivir sin mamá y se había hecho eso él mismo. Creo que Flo no me creyó, pero no dijo nada.

Era una mujer joven y muy buena, en edad de buscar compañero. Pero en vez de eso, me adoptó y fuimos una familia los dos solos durante un buen tiempo.

No puedo dormir. No puedo quitarme de la cabeza la imagen de mi madre y mi hermana muerta. Y sobre todo, no puedo olvidar a mi padre intentando parar la sangre que le salía del cuello.

Pero se cuál es la manera de poder volver a dormir. La única manera de que mi familia deje de venir a verme por las noches. Sólo tengo que espera el momento de encontrar a Bo a solas...

Un cuento, dos relatos
(I)
El hada del gran río

Xiomary Urbáez

La vida en sí es el más maravilloso cuento de hadas
Hans Christian Andersen

En el campamento, hubiera sido muy fácil escuchar el vuelo de una mosca. Todos dormían a pierna suelta. El bosque enmudecido, silencioso, arropado por la sombra inerme, tras la fuerza de un viento vástago de tifón y de una pesada lluvia, ahora estaba en calma. Cada gota se había enredado entre las breñas de la selva. Las mojadas tiendas de campaña habían sido levantadas a pocos kilómetros de San Carlos de Río Negro, a orillas del río Casiquiare.

Los jóvenes exploradores, Alexander y Aimé, habían estado jugando a los naipes, antes de que el chaparrón los obligara a resguardarse. Durante el día, el calor había sido intenso; pero al ocultarse el sol, la fresca brisa abanicó el ambiente. Ambos europeos, de diferentes países, se comunicaban entre ellos en francés. Esa tarde, habían estado recordando la más reciente aventura en los intricados senderos del enorme cerro caraqueño. Con los cuadernos abiertos, compartieron datos.

—Estoy seguro de que a Andrés, le hubiera gustado acompañarnos —dijo Alexander mirando seriamente a su amigo Aimé.

El maestro venezolano, contemporáneo (ninguno superaba los treinta años), les había causado una grata impresión como compañero en la expedición de El Ávila. Ahora, mientras el inclemente aguacero aporreaba fuertemente las ligeras casuchas, el grupo de ocho hombres, incluyendo al cura, los dos guías y los tres cargadores indígenas, se retiraron a descansar, no sin antes asegurar las mulas bajo un rústico cobertor de tela impermeable, levantada muy de prisa.

El viaje en la corbeta Pizarro, desde La Coruña en España, hasta América del Sur, había acercado a la pareja de técnicos. Consagrados al juego infinito del ajedrez, habían pasado las tardes en alta mar en amena competencia, convencidos de que el complicado juego era una formidable gimnasia. En las muchas excursiones, mientras eran martirizados por los mosquitos, habían fantaseado llamándose mutuamente la atención. Asombrados, intercambiaban opiniones.

Hasta el momento, habían recogido muestras de plantas que llevarían disecadas. Descripciones exactas de especies muy curiosas o nuevas de insectos, conchas; medidas barométricas y trigonométricas de las cadenas montañosas; descripciones geológicas; operaciones astronómicas, experimentos sobre la declinación e inclinación magnética; sobre la temperatura, elasticidad, transparencia, humedad, carga eléctrica y cantidad de oxígeno de la atmósfera; dibujos sobre la anatomía de todo lo que los rodeaba, incluyendo a los miembros de las tribus locales.

En el país montaraz lleno de riesgos que era Venezuela, habían sido bien tratados por los oficiales del rey español; cosa que había favorecido sus recorridos. No obstante, tenían que ser cuidadosos con las calenturas que dragaban la salud o con los inciertos caminos por las aguas vehementes, frecuentemente revueltas y rebosadas de caimanes y pirañas. En las misiones regentadas por los sacerdotes, descansaban de tanto en tanto.

Gracias a las cualidades de Andrés Bello como competente profesor, hablaban un poco de castellano, lo cual les permitía mantener una conversación básica en el enmarañado país. La asistencia de los nativos, cuyos brazos movían las frágiles piraguas o cargaban las muestras y con cuyos conocimientos de la geografía, se aventuraban por los pasos más conocidos y seguros, estaba haciendo posible el éxito, de lo que había comenzado como un sueño.

Antes del amanecer, el sonido de un aletear alarmó al joven Aimé. Sobresaltado, medio dormido, no dudó en tomar su carabina de Versailles de gran precisión. El francés agudizó el oído. Los músculos en tensión preparados para saltar al mínimo movimiento desconocido. Estiró el brazo libre para sacudir al amigo, que dormía profundamente muy cerca. Alexander pensó que una tormenta marina lo zarandeaba, hundido como estaba todavía, en las profundas garras de Morfeo.

—Alexander, Alexander, despierta — apremió con voz firme Aimé, al compañero.

Finalmente, el otro reconoció la voz temblorosa. Se espabiló rápidamente. El muchacho alemán, se armó en un santiamén con un par de pistolas de arzón, también de manufactura francesa. El dúo se mantuvo en alerta por breves instantes. Nadie más había despertado. Sin embargo, la naturaleza parecía estar viva. Abrieron la tela que cubría la entrada de la tienda de campaña. La altura encapotada por el mal tiempo pareció rasgarse, permitiendo que se explayara la túnica de Selene, que como una ninfa, se mimetizó en una colosal luna, iluminando claramente la humedad del sendero. A medio vestir, tomaron el atajo que los condujo hasta un pozo, algo distante de la corriente del afluente donde se levantaba el campamento.

Allí, sobre las aguas espumosas que resultaban de una tímida cascada, la advirtieron.

—¿Estoy viendo lo que veo? —murmuró un pasmado Alexander.

—Si es lo mismo que yo veo —contestó en voz muy bajita Aimé—creo que si estás viendo lo que ves.

Los ojos de los muchachos estaban abiertos de par en par. Parecía un ser semidivino. De otro mundo. Una joven de magnífica belleza. De tez blanca, ojos claros, larguísimos y negros cabellos, de armónicas proporciones humanas. Una etérea y alada criatura que divertida les sonrió.

Ambos, que no podían ser más diferentes, estaban impactados. Alexander era de elegantes maneras. La nariz perfilada, los labios plenos y la piel muy blanca, con sonrosadas mejillas. Parpadeando, achicó los grises ojos, impresionado. Con la mano de largos y elegantes dedos, apartó los mechones de su rubio cabello. Inclinó su elevada estatura tratando de enfocar a la fantasmagórica visión.

Parado a su lado, los labios delgados de Aimé, permanecieron apretados. A pesar de que su piel era ligeramente más bronceada que la de su amigo, en las circunstancias, lució pálida. El viento movió el espeso, grueso y oscuro cabello del joven galo, tan alto como el germano. La poderosa nariz, rasgo destacado de su faz, hiperventiló. Los dos eran dueños de facciones inteligentes. En común tenían el interés por las ciencias naturales y el hecho de que eran europeos. Extranjeros hurgando en los tesoros de las aguas del Orinoco.

—¿Quién eres? —preguntó Alexander, el primero que pudo recuperar la voz.

—¡Yo soy el rumor de las hojas. La descarga del viento! —contestó la aparición, con voz cantarina.

Sin dudas, este era un dibujo que nunca harían, a riesgo de perder toda la credibilidad, reflexionaron los exploradores mirándose uno a otro, adivinándose los pensamientos.

—Soy el enlace entre el mundo visible y el invisible. Algunas veces me disuelvo y me convierto en arenilla dorada.

La mujer giró en su eje, mientras miles de chispas resplandecientes siguieron la trayectoria de la ligera figura, que parecía rodeada de un halo luminoso.

—¡Es polvo de hadas! —exclamó, revelando lo que era—. Tiene poderes mágicos porque guarda nuestra esencia.

Los miró, mientras su rostro mostraba un aspecto apacible.

—¡Eres un hada! —expresó Alexander.

En su cara apareció una mueca que dejó ver la emoción ante la insólita situación.

Desde la más tierna infancia, los cuentos de hadas los habían acompañado. Crecieron con las imágenes de chicas lindas que con sus varitas salvaban a los príncipes de los ogros malos. Las leyendas celtas contaban de seres que merodeaban por los bosques, las plantas, las rocas, los lagos, los manantiales o las gotas del rocío. Pero ¿qué era esto que veían? ¿Un hada caribeña? Somos un par de científicos, pensó Alexander. Esos cuentos forman parte de nuestra infancia.

Mientras tanto, Aimé parecía estar pasmado de extrañeza. El muchacho cavilaba acerca de la poca suerte que habían tenido aquellos que pensaron que las leyes de los hombres, la razón o la ciencia con su método, acabarían con la magia. Admiró la capacidad de los seres humanos para seguir soñando, imaginando y lo más increíble de todo, entrando y saliendo de otros mundo. Con el puño se frotó los ojos, en un vano intento por despertar de lo que todavía creía era una alucinación.

—¿Cómo es que te podemos ver? —la pregunta brotó maquinalmente de los labios de Aimé, sin que éste pareciera controlar el sonido de su voz.

—Soy un ser espiritual, invisible al ojo humano. Los animales tienen la vista, el oído y el olfato, más agudo. Ellos sí me notan —murmuró la bella fantasía, dejando escapar una alegre carcajada y con esa vocecita tan hermosa que los cautivó por completo.

Ustedes han visto y han escuchado el bosque y a la corriente del río. Por eso me ven —dijo, mientras la brisa retozona le movía la vaporosa túnica de tonos verdes pálidos que la ayudaba a mimetizarse con el medio ambiente—. Vinieron hasta aquí porque quieren probar que hay conexión entre los ríos —afirmó espontánea—.

¡Estoy dispuesta a ayudarlos! —exclamó alegre—. Ella parecía saber que el principal objetivo de los jóvenes exploradores, era comprobar las teorías que afirmaban que los ríos Orinoco y Amazonas, se comunicaban.

—Y... ¿cómo te lo agradeceremos? —preguntó Alexander suspicaz—. Su formación lo hacía naturalmente desconfiado.

—Nada de lo que tienen me hace falta. A mí me gustan los juegos —contestó ella sonriente.

En el bosque, todavía oscuro, se escucharon los ruidos de los animalitos.

—Propongo uno. Les daré tres oportunidades para que acierten mi nombre. Si no lo hacen, la conexión que buscan, les será negada.

Los muchachos se miraron cómplices. Los acertijos eran para ellos retos difíciles de rechazar.

—De acuerdo —dijeron ambos.

¿Qué perderían? Mientras el hada arreglaba vanidosa su brillante cabellera, utilizando el agua del estanque como espejo, ellos comenzaron a deliberar. Transcurrieron los minutos.

—¿Te llamas Orquídea? —preguntaron señalando la bella flor de pétalos lilas, ondulados, que colgaba cerca de donde estaban.

La linda y graciosa hada, los miró burlona. Moviendo el índice de su delicada manita, indicó que no. Ellos retomaron el debate. Cada tanto, le daban vistazos. Ella parecía rebotar sobre el agua. Un desnudo pie hacia adelante, y el otro hacia atrás, en rítmica danza.

—¿Te llamas Cacao? —preguntaron nuevamente—, esta vez, señalando el árbol, que arrimado a la sombra de los más grandes, lucía las esplendorosas florecillas rosas y, creciendo directamente desde su tronco, las grandes bayas, en tono amarillo purpúreo.

El hada nuevamente rio alborozada. Con la cabeza negó una y otra vez, haciendo que el cabello bailoteara a su alrededor como un velo flotante.

> *Desde aquí me voy al cielo y del cielo volveré;*
> *soy espíritu de bosques y los hago florecer.*
> *Vivo y muero sin parar*
> *ando y ando en este trecho*
> *y en mi éxodo... llego al mar.*

Con la ingeniosa estrategia de una adivinanza, el hada los hizo especular. Los ceños fruncidos indicaban que los amigos estaban preparando sus conocimientos.

—Mi nombre empieza con «H» —gritó el hada juguetona, dando vueltas y vueltas sobre el agua revuelta.

Después de un momento, Aimé y Alexander la miraron fijamente. Alborozados se arriesgaron en el tercer y último intento. Con mucha seguridad afirmaron al unísono:

—Te llamas Huyaparí. El nombre original del majestuoso Orinoco.

El hada abrió los claros ojos como platos. Estaba sorprendida. Levitó hacia ellos. Los abrazó y le dio a cada uno un fuerte beso.

—Sé que tienen buenas intenciones. Son hombres de buen corazón. Estudiar las flores, los animales, los minerales, estos ríos y a sus pobladores, es una bonita manera de contribuir con el futuro. Pero recuerden no atentar contra el entorno. Cada muestra que toman, cada gota de agua que contaminan, es un despojo a la naturaleza.

Ambos la miraban embelesados, casi sin respirar, en completo silencio.

—Aimé, como tu apellido Bonpland lo indica, buena planta, sé cuidadoso con lo que recolectas.

El aludido asintió con la cabeza.

—Alejandro Von Humboldt, tú eres un excelente artista. Haz dibujos. Retrata este paisaje indómito. Muéstrale al mundo la corriente majestuosa de este río.

Con humildad, el muchacho bajó la mirada. El hada continuó.

—Ustedes proporcionarán a la ciencia una enorme ampliación. Divulgarán conocimientos delante de grandes públicos. No obstante, nunca olviden que la fuerza de los mitos jamás muere. Ni siquiera cuando la civilización haya alcanzado increíbles desarrollos.

Ellos permanecían callados. Suponiendo ese futuro del que ella les hablaba.

—Si siguen por este brazo —el hada señaló hacia la corriente del río Casiquiare—, hallarán lo que buscan. Es el conector de los dos grandes colosos: Orinoco y Amazonas. Un largo canal que dependiendo de las lluvias, corre hacia el Orinoco seis meses al año y otros seis meses, hacia el Amazonas. Es un fenómeno único y forma la mayor cuenca fluvial del mundo.

Ya casi amanecía. Aimé miró por encima del hombro de su amigo Alexander, hacia el agua de tono oscuro. Observó las llanas y vírgenes orillas bajo la niebla matutina. La misma bruma que envolvió a Huyaparí, haciéndola desaparecer ante sus ojos.

La moneda del diablo

Jesus Javier Corpas Mauleón

Non draco sit mihi dux
Exorcismo de San Benito Abad

Los golpes de las armas restallaban con metálico tañido; beligerantes campanadas de filos y gavilanes, estaban reuniendo a los transeúntes en torno a la reyerta. Quienes se aproximaban, imanados por los férreos ruidos, podían ver cómo, en el centro de la plaza, cinco componentes de los Tercios habían rodeado —excepto por la retaguardia, religiosamente protegida— a otro miembro de los mismos que daba la espalda a una pétrea iglesia. La muralla cerraba aquella por su fachada sur, terminando de envolver el conjunto; más allá quedaba el campo.

El sitiado les miraba desafiante tras de su negra barba, lanzando embates, ora a uno, ora a otro. Tenía la boca orgullosa, los ojos bravos, y el brazo firme. Portaba tizona de conchas, algo más moderna que las de lazo de sus contrincantes. Su lujosa vestimenta —ropilla y calzones de terciopelo, gola de Malinas, medias calzas de seda, y pretina de hilo de plata a juego con las argénteas hebillas de sus botas— era de persona notable; su faja carmesí anunciaba un oficial, igual que quién dirigía a sus contrarios. Todos se tocaban con chambergos, emplumados con el rojo heráldico español.

A Diego Montalvo le remordía la forma tan estúpida en que una ronda de mesones se había convertido en su ruina. Su compañía se hallaba acantonada en un edificio vacío designado para ser, próximamente, hospital, ya que la Ciudadela estaba repleta de tropas, y aun otros contingentes habían tenido que ser instalados con boletas en casas particulares. El nuevo ataque de los Borbones contra los Habsburgo había hecho movilizar frente a Francia fuerzas que se concentraban en Pamplona.

Las mismas, antes de rendir culto a Marte, comenzaron por hacerlo a Dionisio y sus figones para olvidarse «del frío de las centinelas, del peligro de los asaltos, del espanto de las batallas, del hambre de los cercos, de la ruina de las minas». Así, mientras se instruían los bisoños, los veteranos se dedicaron a galanteos, naipes y libaciones.

Esas jornadas Montalvo evocó, con su inseparable Gonzalo Ximeno, cómo, con el canuto lleno de servicios, habían acudido ambos por la «conducta» para levantar bandera, que obtuvo él, nombrando de inmediato alférez a su colaborador. Rememoraron también las campañas libradas, los compañeros caídos, y los padecimientos sufridos.

Hoy el día había comenzado claro y sereno, pero se había complicado todo hasta el desastre y su menoscabo. Se habían deleitado con la solidez románica de la fachada catedralicia de Santa María, y con la sinfonía gótica de su claustro; pero sobre todo con el sepulcro del buen rey Carlos el tercero Evreux y su amada reina, doña Leonor de Trastámara, donde Johan Lome de Tournai había plasmado sus mejores filigranas. También les habían impresionado las claves del refectorio de la seo recordando los doce grandes linajes navarros a través de sus escudos, Mauleón, Guevara, Rada...

Un rato más tarde, Ximeno y él, tras vaciar algunos cuartillos de tinto en una taberna de la plaza del Castillo, acudieron a la venta Los Tres Carros, justo extramuros, en paralelo a la rúa de San Gregorio. En esta posta, dieron cuenta de varias jarras de garnacha para, ya algo achispados, sumarse a una partida —zacanete a la pasante quínola—, invitados por el cirujano; un pífano completaba la timba. Tras unas bazas, el médico había tenido que abandonar el juego, avisado para atender a un sargento de caballos contuso por caída del propio. Se sentó en su lugar Manuel, su segundo.

El capitán lo había observado entrar en la taberna portando esa, últimamente, colérica y rojiza mirada ebria, velada rítmicamente por un tic. No le gustaba aquel sanador ruin, de un tiempo aquí bebedor y de mal carácter. También sabía que le tenía cierta inquina por envidia de los favores de doña Graciosa.

¡Chis!¡Chas! sonaban los choques de los aceros. Montalvo dominaba el manejo de la espada y sus secretos. Nueva ciencia y filosofía del manejo, de don Luis Pacheco de Narváez, había sido su libro de cabecera; y había practicado mucha esgrima, a la par que reñido numerosas contiendas. Tal vez por eso sus hombres se limitaban a detener sus ofensivas cuando trataba de romper el cerco.

«Se baten de oficio, sin lanzar ataques, quizá por temor a mis tajos y reveses cuyo peligro conocen bien. ¡Qué carajo! Ellos son cinco curtidos valientes; sin duda pelean así por respeto. La prueba es que mi amigo, que los dirige, buen espadachín, no interviene apenas en la lid, y no ha mandado traer mosquetes para mi arresto. Aunque ¿por qué no habrán hecho la vista gorda dejándome ir? No, no pueden; yo mismo les he enseñado la importancia de la disciplina y el acatamiento de las órdenes, para el mejor servicio a la nación. Y estoy muy orgulloso de cómo cumplen siempre».

Tras el infante que desvió su último hurgón, la vio. Sus finos rasgos, sus ojos del color de los mares de la Nueva España, sus marfileños hombros emergiendo desde un corpiño del mejor tafetán adornado con ricos encajes de Amberes; doña Graciosa, gozo y perdición, lucía aquella opulenta alhaja que él despojara tras un victoria en Flandes. La mujer que creyera su felicidad, pero que involuntariamente había significado su hundimiento, la llevaba puesta.

—Es para tenerte presente siempre —exclamó ella con un mohín mientras pasaba el rico trofeo del cuello del militar al suyo.

El maestro de banda, sin duda para jactarse de que él también tenía el «don», tan abundante en los Tercios, declamó un poema del escriba Rafael Tarín Sánchez, quejoso con los males que venían allende el Pirineo.

> No me des el mal naipe, que tú le aojas,
> corazones de luto, las picas rojas,
> negros cuadrados,
> los tréboles floridos, ensangrentados.
> Naipe de bandoleros, naipe sin leyes
> en el monte escondidos los cuatro Reyes.
> Partida sin faroles, el puente en llamas.
> Por el puente han huido las cuatro Damas.
> Cada Valet, ¡quién sabe por dónde campa!
> el que no corre vuela para la trampa.
> No es de España ese naipe de forasteros
> sin espada, ni basto, ni oro ni copa;
> no montan sus caballos los caballeros
> y el naipe malasangre se llama Europa.

Después comentó, orgulloso, cómo, mientras los ejércitos españoles contaban en su historia con un Ercilla, un Garcilaso, un Cervantes, un Lope o un Calderón, ni Shakespeare ni Goethe habían pertenecido a los de sus respectivas tierras.

Don Diego golpeaba la mesa con un refulgente disco de oro. Uno de los mirones aclaró al de su derecha, también arcabucero, que se trataba de la llamada «paga del diablo».

—La usa como talismán porque afirma que, mientras a otros gafa, a él le trae suerte. Procede del tesoro del desgraciado inca Huascar, ultimado brutalmente por su hermano, el usurpador Atahualpa, quién lo perdió, con la vida, a manos de Pizarro. Se acuñó en la ceca de Lima, cayendo el operario a la hirviente colada en el proceso. Pescaron un lujoso esqueleto con baño de 24 de quilates, con el que su viuda intentó lograr buena mejora vendiéndolo a un usurero, cosa que impidió el Santo Oficio obligando inhumar a aquel brillante marido.

»La pieza fue acto seguido parte de las cien mil iguales que don Francisco diera a Almagro. Luego, como sabes, también éste murió ejecutado, volviendo la moneda a Pizarro, quién sería a su vez asesinado por los partidarios del anterior. Colgados estos, y tras varias peripecias, el efectivo sacó de la modestia a una muchacha, quién se creyó así muy afortunada. Pero su nuevo capitalito atrajo a los piratas, que la ultrajaron y azotaron hasta que confesó el escondite de los caudales. Luego la llevaron a Isla Tortuga para servir como solaz a los bucaneros. Poco disfrutaron los sanguinarios forbantes de su nueva riqueza, siendo apresados y ahorcados por la Guardia Virreinal.

»Solo alguien del temple de capitán puede conservar esa dorada maldición, y encima asegurar que es su cornucopia de la abundancia; a mí me da escalofríos cada vez que la veo, y a todo el mundo aterra. Dicen que su troquel se forjó en el Infierno.

Montalvo mientras barajaba, bromeaba con el músico:

—Más justos son los ducados ganados con las cartas que los de Medina Sidonia o Híjar, traidores los dos a la España de la se titulan Grandes; grandes bastardos es lo que son ese par de duques. Eso sí, para triunfar, hay que arriesgar en la apuesta, aunque solo sean los haberes y en las posadas.

> *Cruzados hacen cruzados,*
> *escudos pintan escudos,*
> *y tahúres muy desnudos*
> *con dados ganan condados,*
> *ducados dejan ducados,*
> *Y coronas Majestad*
> *¡Verdad, verdad!*

—¿No te parece que tiene razón el gran Góngora, «marquesillo»? —añadió golpeando la mesa con la contera del mazo de cartas.

Al sangrador, que tenía ínfulas aristocráticas por un remoto parentesco con un labriego recientemente ennoblecido, le sentaba a asta quemada que le llamasen por ese apodo; y estaba borracho; y perdía; y le roían los celos; y no tenía humor para bromas; y comenzó a insultarle; y le llamó bergante, pechero y villano ¡a él que era de hidalguía probada y linaje anti-guo! Y aun así se contuvo, contestando solo con unos versos:

Con los mal intencionados
va la envidia mordedora,
y la bondad en los pechos
de la lealtad española.

Y aquel practicante comenzó a injuriar a Graciosa, de quién dijo era pícara, desvergonzada y cortesana, pues tras tomarle su caro anillo, sabía folgaba por doquier. Ahí don Diego le ordenó que se retractara; y el otro no solo no lo hizo, sino que embistió puñal en ristre entre estrepito de jícaras y sillas caídas.

—Ahora se había percatado que sus hombres no querían causarle heridas y por eso esperaban su fatiga; aunque en realidad detenerlo era acabar con él, además de muerte indigna, pues su sentencia no podía ser otra que la de la horca. Y no pasaría por la humillación de pisar rollo, picota, o cadalso. Además era injusto, pues él solo se había defendido de la agresión del matasanos, cortándole con su daga; aunque —le hacía gracia— después recitó, punzante y jocoso, a Quevedo:

Oh galanamente y bien
está su mal remediado.
Herido y despedazado
habrá de quedar también
cornudo y apaleado.

La nueva acometida del leso fue regida por la ira, no por la cabeza, tal y como quería Montalvo quién, no obstante, cuando lo vio caer atravesado, se dio cuenta de la gravedad del hecho y corrió a auxiliarlo. Pero ni el doctor, recién incorporado a la hostería, pudo hacer nada por su ayudante.

¡Talán! ¡Tolón! ¡Talán! comenzaron a repicar los broncos de San Nicolás, mientras el sol se ocultaba. Estaba hermosamente rojiza con aquella luz vespertina y, mirándola, cayó en cuenta que en dos zancadas podía llegar hasta su entrada; sería suficiente para ampararse en la inviolable inmunidad del acogimiento a sagrado.

«Sí, la salvación está al alcance de mí mano. Por eso me dan tiempo mis soldados, y por eso me dejan franco el lado del pórtico. Conocen que, si el arresto se produce en terreno religioso, será invalidado, y yo puesto en libertad. Pero soy su jefe y no puedo hacerlo. Mis hombres nunca me han visto volver la cara al enemigo y no ocurrirá ahora; lo impide mi fama. Amén de que, para un guerrero, tampoco es mal fin llegar al sueño eterno luchando, junto a un enhiesto templo-fortaleza, y con el regusto del vino y de doña Graciosa en los labios».

Anochecía, estaba agotado, y sus estocadas eran ya lentas, cuando escuchó la voz de su amigo:

—Entregaos, y acabemos con esta pendencia que es inútil prolongar. Os llevaremos preso, más confiad en mí.

Escrutó a su alrededor, oscuro ya. Solo iluminaban la escena los amarillentos candiles de los curiosos, y la pálida luna que plateaba las torres parroquiales, aumentando tétricamente sus sombras; doña Graciosa se había marchado.

«¡Será...! ¡No, si al final su enemigo iba a tener razón en los adjetivos, y la riña había sido por una honra inexistente! Y precisamente ahora, cuando acariciaba el ascenso a la dignidad de maestre campo ¡qué infortunio! Encima, después de combatir a ingleses, franceses y rebeldes protestantes, acabar luchando contra mis propios camaradas».

Rememoró como se había encaprichado la joven del macizo collar áureo que él tomara en un saqueo; y como lo puso sobre su amplio escote diciendo:

—Me da igual su peso y sus piedras preciosas —abundantes ambos, pensó el capitán—; solo me importa que me quede bien para ti.

La frialdad demostrada por la dama, las tinieblas, y la fatiga, pusieron fin al ánimo de don Diego. Ayuno de motivación para seguir la porfía, ahíto de desencanto, y algo ceremonioso, cogió la ropera por la cruz para ofrecer la empuñadura al alférez. Los soldados se apartaron respetuosamente, mientras el público comentaba, satisfecho, el solemne fin del altercado. Tras unos breves aplausos de los congregados, entre ruido de espuelas y pisadas, la escuadra partió, despedida por el ulular de una lechuza que certificaba los malos presagios de Montalvo. Y se arrepintió tanto de su superstición con la moneda, como de no haberla temido; una pura contradicción. Mientras lo trasladaban a su muy próximo destino, prometió al Señor que, si le sacaba de ésta, se desharía de su demoníaco amuleto para siempre.

Al llegar al recinto del improvisado cuartel, y como no había precedente, el barrachel preguntó qué estancia era la más propicia como calabozo. Don Gonzalo, seguro, indicó un lóbrego lugar escaleras abajo, con un solo y elevado ventanuco cerrado por una reja.

—Pero señor, es hombre de honor que bajo palabra no intentará escapar; podemos custodiarlo en cualquier otra dependencia más digna —apostilló un cabo.

—¡Ahí, donde he ordenado! —resonó firme la voz del nuevo jefe de la compañía.

El reo, mientras pasaba a la fría cámara designada para servirle de celda, lo miró con una discreta sonrisa; revivía cómo, inspeccionando con el furriel el lugar para aposentar a la tropa, les enseñaron esa cripta, rogándoles respeto por ser el enterramiento de las monjas, que allí habían vivido y muerto antes de abandonar el gran edificio cediéndolo para hospicio. Luego se carcajeó, ya abiertamente, viendo la habilidad con que un murciélago, de frenético y descompuesto vuelo, entraba y salía velozmente por el pequeño lucernario.

—¡Guardias, llamad al capellán! gritó, mientras dando gracias a Dios, depositaba su doblón de noble metal entre aquellos pedruscos sagrados.

***

El 28 de enero de 2014, *Diario de Navarra* publicaba que en el derribo del número 19 de la calle San Gregorio de Pamplona, se habían encontrado, como se esperaba, restos del antiguo Hospital de San Juan de Dios, hasta el siglo XVII cenobio de Carmelitas Descalzas, después de aristocrático palacio.

Informaba dicho periódico que la ulterior cata arqueológica descubrió esqueletos de las hermanas, aparición también previsible, y, algo que sí sorprendió; una moneda de oro acuñada en el Virreinato del Perú, que se expondría en el cercano museo que lleva el nombre del Viejo Reino. Hay quién dice que se ordenó exorcizar —discretamente— la dobla después de algunos inexplicables percances ocurridos.

El peso del uniforme

uniforme

Ricardo Aller Hernández

Madrid, 8 de diciembre de 1898

—Don Miguel, España vive un proceso de desintegración que avanza en riguroso orden, desde la periferia al centro, de forma que el desprendimiento de las últimas posesiones ultramarinas parece ser la señal para una dispersión interpeninsular.

Sentado al fondo del Café Gijón, Miguel de Unamuno negaba con la cabeza a la interpelación de su joven interlocutor, empeñado en defender la idea de lo que él llamaba «una España invertebrada».

—José, los españoles hemos de buscar el sentido de existencia que nos corresponde como pueblo. Entonces podremos identificar el hilo invisible que hilvana el sentimiento de patria, basado en un ideal común sobre la vida y su valor.

Con la mirada fija en la espesa columna del humeante café que le acaban de servir, el bilbaíno suspiró hondamente. Aquella mañana se había levantado especialmente pesimista y la portada del *Heraldo de Madrid* en la que se anunciaba que la Regente María Cristina acudiría a París a ratificar el Tratado por el que España cedía la soberanía de Filipinas a Estados Unidos —lo que significaba la pérdida de la última colonia— no hacía sino corroborar que el boceto del libro que tenía en mente reflejaba a la perfección la idiosincrasia de su país.

—Con todo el respeto —dijo el joven, interrumpiendo sus pensamientos—, discrepo. Usted sabe que yo hablo derecho, y estoy convencido de que el problema es que hemos pasado demasiado tiempo en busca de grandes ideales vacíos.

La voz del nieto de su amigo Eduardo Gasset resonaba clara y serena en medio de los gritos de los camareros que, bandejas de chocolates en mano, sorteaban las mesas de mármol abarrotadas de madrileños. Echando un vistazo a su alrededor, saludó con una breve inclinación de cabeza a Ramón María de Valle Inclán, quien compartía mesa y mantel con el reconocido médico Ramón y Cajal y el canario Benito Pérez Galdós, cuyo particular acento, que no había perdido ni un ápice tras más de veinte años en Madrid, aún resultaba gracioso entre los gatos.

Con la mirada fija en el periódico, Unamuno no escuchó el último comentario de José Ortega y Gasset, un prometedor estudiante de la Universidad Central de Madrid cuyo talento para la oratoria habían hecho ganarse su respeto. El viejo profesor siempre estaba dispuesto a disfrutar de una buena conversación, pero el desasosiego que le invadía cada vez que pensaba en aquellos soldados que, ignorantes de que la guerra había acabado, permanecían en Filipinas dispuestos a jugarse la vida para mayor gloria de una nación malherida y decadente, pero que, a pesar de todo, era la suya. En ese momento recordó la conversación que tuvo con José Martínez Ruiz, aquel escritor que le presentaron en la redacción del diario El Progreso y con quien mantuvo un encendido debate sobre la esencia de lo español, donde el alicantino le expuso la teoría de que la peligrosa combinación de los defectos genéticos en la forma de ser española —el atraso, la ignorancia, la envidia, el cainismo y la brutalidad— solo podía concluir en un desastre.

—Sí —susurró Unamuno, preguntándose si quizás Martínez Ruiz no tuviera razón mientras dejaba el diario sobre la mesa—, un desastre. El Desastre del 98.

Alboreaba el siglo XX en una España decadente, lastrada aún por la herencia del Deseado y sometida a una terrible crisis económica, a lo que se unía una inestable situación política y un pueblo adormecido desde hacía demasiado tiempo. Mientras Unamuno se preguntaba en voz baja si el país estaba abocado a devorarse a sí mismo, un inesperado fogonazo de esperanza le rasgó el alma al ver entrar a Ángel Ganivet, quien un día después debía partir a Riga para ocupar su cargo de cónsul, acompañado de Jacinto Benavente y del recientemente llegado a la capital Pío Baroja, que venían de presenciar en el Teatro Español la última obra de Carlos Arniches, llamada El santo de la Isidra.

—Después de todo —se dijo con una mueca mientras se confirmaba a sí mismo el nombre que pensaba ponerle a su próximo libro: *Del sentimiento trágico de la vida*—, quizá todavía queda esperanza.

***

Baler, 8 de abril de 1899

Lorenzo Gallego García corría a toda prisa a través del pasillo de la iglesia parroquial en dirección a la sacristía bajo la luz trémula de un rayo de luna que se filtraba por los agujeros de bala que habían atravesado la pared aquella misma mañana. Dejándose envolver por la penumbra, el soldado tropezó con el pico de una mesa que alguien había tirado para utilizarla de parapeto durante la refriega; mientras maldecía en silencio su mala suerte, continuó andando con una ostensible cojera, pasando al lado de un botijo vacío, lo que le recordó que, por culpa de las restricciones, llevaba casi un día sin beber nada. Al llegar a la puerta, llamó apresuradamente dos veces sin recibir respuesta. Tocó una tercera vez e incluso una cuarta, hasta que finalmente el padre Minaya abrió el portón.

—Padre, preciso hablar con el teniente.

—Pasa, hijo —dijo el sacerdote, con los ojos enrojecidos de sueño.

El joven entró atropelladamente en la sacristía, presidida por un mosaico de Cristo crucificado; al fondo, el teniente Saturnino Martín Cerezo, máximo responsable de la vida de los treinta y seis hombres que resistían al asedio de las fuerzas filipinas desde hacía doscientos noventa días, fumaba uno de los dos últimos cigarros que le quedaban mientras escudriñaba por enésima vez los planos del pueblo.

—Mi teniente —dijo Gallego, saludando marcialmente a su superior.

—Descanse —la voz de Martín Cerezo continuaba ronca tras la escaramuza, en la que una ráfaga intermitente de fuego de cañón rebelde había causado algunos daños a la estructura de la iglesia, acción que fue respondida con una violenta andanada de fusilería que acabó con un parte de dos filipinos muertos, mientras que por los sitiados solo un hombre había sufrido heridas superficiales.

—Señor, el soldado Menache Sánchez ha tratado de desertar. Se le ha visto subiendo por la escalera cercana a la letrina con intención de abandonar la iglesia a través de una de las ventanas con aspilleras.

—¿Se le ha detenido?

—Cuando uno de los centinelas le ha dado el alto Menache ha tratado de huir, pero lo han podido atrapar. Ahora se encuentra esposado en el confesionario.

Levantando la vista para mirar por primera vez a su subordinado, el teniente asintió levemente.

—Tráigalo con la mayor discreción —ordenó—. No quiero que la tropa se altere.

Cuando Gallego cerró la puerta, la enclenque figura del padre Félix Minaya se interpuso entre la débil luz del farol y el teniente, provocando una especie de eclipse que oscureció parte de la sacristía durante unos segundos.

—Otro que deserta —dijo el militar mirándose las manos, con tantas cicatrices como años de servicio. Aquellas eran las de un hombre hecho a sí mismo, capaz de ir ascendiendo en el escalafón militar por méritos propios hasta alcanzar el puesto de teniente dentro del Batallón Expedicionario de Cazadores n.º 2, cuya única tarea en Baler tendría que haber consistido en realizar un simple relevo de sesenta días al Regimiento de Cazadores, pero que una ofensiva filipina a los pocos días de su llegada se estaba alargando a más de diez meses. Al recordar la mañana del 30 de junio del 98, Martín Cerezo dio un respingo; aún se preguntaba cómo se habían dejado emboscar por las fuerzas comandadas por Teodorico Novicio Luna; tal fue el desconcierto en la escaramuza que el capitán De las Morenas tuvo que ordenar el repliegue hasta la iglesia del poblado, no solo por ser el edificio más sólido sino porque allí era donde se almacenaban víveres y municiones, iniciándose de esa manera un asedio que impedía cualquier comunicación con Manila y del que hoy se cumplían doscientos noventa días.

Moviendo enérgicamente la cabeza, el militar volvió a los planos de la pequeña población rural de Baler, de apenas un centenar de habitantes que vivían en humildes chabolas de caña y nipa construidas alrededor de la iglesia rectoral, un edificio de fuertes muros a partir de la cual nacían cuatro calles, sencillas y rectas, orientadas a norte, sur, este y oeste.

—Aislados por mar y tierra —se dijo mientras se rascaba la barba, infectada de piojos—, sin apenas comida ni municiones. Por Dios que no es mal bagaje.

Cansado y hambriento, posó la vista en el crucifijo de bronce que tenía sobre la mesa y se quedó observándolo durante unos segundos con tanta intensidad que por un instante le pareció detectar en los ojos de Cristo una mirada de lástima.

—Que no se diga que no te doy ocasiones para lucirte —espetó a la imagen.

A los pocos minutos, Gallego entró en la sacristía trayendo a un hombre menudo, desharrapado y con una herida en la cabeza, consecuencia de la refriega con el centinela que le había descubierto, por donde brotaba un reguero de sangre que se deslizaba hasta la comisura de los labios.

Colocándose frente al detenido, el teniente lo escrutó de tal forma que Gallego llegó a pensar que si las miradas matasen, Menache ya estaría en el otro mundo.

—Soldado —dijo mientras hacía memoria del historial de aquel hombre, un paria de tantos que malvivían en Madrid y que se había alistado bajo la máxima de que era mejor morir de plomo en Filipinas que de hambre en España—, desertar es una traición impropia de alguien que dice vestirse por los pies.

—Le... le juro por mi honor, te-te-teniente —tartamudeó Menache en un tono apenas audible a la vez que desviaba la mirada— que yo... que yo nunca...

—¡Basta! —gritó Martín Cerezo, acallándole con un manotazo en la cara—. Menache, le voy a dar a elegir entre dos opciones. La primera es que usted me dice la verdad, yo le arresto en el calabozo hasta que los refuerzos vengan a sacarnos de esta iglesia y que un consejo de guerra decida su futuro. La segunda es aquella en la que me sigue mintiendo; en ese caso, como que hay Dios que le meto una bala entre los ojos ahora mismo y me ahorro su rancho.

Algo más apartado, el padre Minaya observaba en silencio la escena. Aunque en muchos casos no compartía la forma de actuar del teniente, esta vez no dudaba que Martín Cerezo estaba haciendo lo correcto. Y lo mismo pensó de Menache, que aunque desertor y cobarde, demostró no ser tan tonto como aparentaba al optar por reconocer su traición y delatar a José Alcaide Bayona y el cabo Vicente González Toca.

—Gallego —dijo el teniente tras la confesión—, llévese a esta escoria al baptisterio, enciérrelo y tire la llave. No quiero volver a verlo hasta que estemos en España.

Con un taconazo, Lorenzo Gallego se llevó a un cariacontecido Menache, mientras el padre Minaya, tan silencioso como de costumbre, regresaba a la cama de pajas que se había hecho en una esquina. Ya habían pasado las doce de la noche, y afuera lo único que se escuchaba era la legión de grillos que chirriaban desacompasadamente a una luna escoltada por una infinidad de puntos luminosos que, en otras circunstancias —quizás en los Canchos de Miajadas, tras una jornada de caza, sentado frente a un buen fuego, acompañado por su esposa y mojando el encuentro con buen vino de la bodega Ruiz Torres—, Saturnino Martín Cerezo hubiese definido como una noche de indudable belleza.

Una vez solo, al amparo de las luces ambarinas del candil, el teniente se sentó, cogió una pluma y, llevándose un instante las manos a las sienes en un intento de ordenar sus pensamientos y acallar su estómago, comenzó a escribir en su diario.

«Diario del sitio de Baler, 8 de abril de 1899. Día 290 de asedio.

»La situación en la iglesia parroquial de Baler se torna agónica. Esta mañana se han agotado las provisiones de arroz y jamón, y las cantidades que podemos distribuir diariamente de café y alubias son cada vez más escasas, por lo que la dieta se reduce a unas hojas de calabacín e infusiones de hoja de naranjo, a lo que le acompañamos, cuando la caza se nos da bien, de alguna de las ratas que pululan por la iglesia o de los caracoles que podemos encontrar entre los árboles.

»Apenas nos queda ropa. Remendamos toda la que podemos pero el hilo comienza a escasear, así que hacemos camisas con las sábanas de las provisiones que tenemos del hospital, donde ya no se van a precisar, puesto que hace tres días que se nos agotaron los medicamentos.

»Desde el 1 de abril, el enemigo ha intensificado los ataques, aunque no han logrado avanzar posiciones.

Luna Novicio, tras casi trescientos días de asedio, por fin ha entendido que no puede conseguir doblegarnos por la fuerza, por lo que ha comenzado a urdir planes alternativos con los que trata de minarnos la moral. Hace unos días colocó enfrente de la iglesia a varias mujeres semidesnudas moviéndose provocativamente con la intención de incitar nuestra lascivia, aunque he de decir que no logró los efectos deseados, ya que la situación lamentabilísima en que vivimos quitábale su poder al "reclamo femenino", guardándonos muy bien contra la sensualidad y sus deseos.

»Como consecuencia del asedio que sufrimos por tierra y mar seguimos sin tener información sobre lo que acontece más allá de estas piedras, ignorando el por qué no ha llegado el nuevo relevo. La imposibilidad de recuperar el canal de comunicación con la capital ha propiciado que las fuerzas insurgentes hayan tratado de confundirnos, mandando hasta en cuatro ocasiones a supuestos enviados del gobernador de Manila con el tibio argumento de que se ha firmado la paz entre los países y que España ha perdido la colonia, aunque en ningún caso hemos otorgado veracidad a lo que nos han referido.

»Para tratar de mantener entretenida a la tropa —nada como ocupar el cuerpo y la cabeza en alguna actividad para no pensar que quizás nadie venga a socorrernos—, he ordenado abrir una trinchera en la calle España hasta llegar al puente del mismo nombre. Cerca se encuentra la casa del Gobernadorcillo y a su izquierda, junto a la calle Cardenal Cisneros, hay una casa fortificada donde se encuentran varios cañones filipinos. Nuestro objetivo es tomar posiciones y disparar sobre el puente para impedir la comunicación entre las dos casas. Para tal misión, y con el objetivo de no ser descubiertos, los trabajos se efectuarán por la noche para que el foso se pueda ocupar y evacuar sin ser vistos.

»A pesar de algún intento de deserción, tanto mis hombres como yo sabemos que la rendición no es, en ningún caso, una opción. Antes de humillar a la patria nos aferraremos a nuestra bandera y a la cruz de la iglesia de Baler, fiel símbolo de nuestra fe, para que cuando llegue la muerte, tengamos fortaleza suficiente para que nuestros enemigos nos encuentren en pie, dejando constancia de que los españoles que aquí muramos lo haremos tan desafiantes como vivimos.

Que Dios nos asista».

***

Baler, mañana del 29 de mayo de 1899

Cuando el padre Minaya abandonaba el hospital —un cuartucho sin más iluminación que un escuálido candil— después de visitar a los heridos de la última refriega, el toque de corneta procedente del campamento filipino hizo que al fraile se le escapara un amargo lamento. No había pasado una hora desde el último asalto y ya parecían volver a tronar tambores de guerra, aunque esta vez le pareció que el clarín sonaba diferente. Quizá solo se estaban recomponiendo, supuso mientras recordaba lo sucedido aquella noche, cuando los rebeldes, que se habían pasado todo el día reabriendo las ventanas en el muro oeste de un corral cercano a la iglesia que los sitiados habían tapado semanas atrás, comenzaron un incesante fuego que fue contenido por las bayonetas españolas, aunque sin conseguir que los indígenas perdieran su posición tras la tapia. Así estuvieron entre andanadas hasta que Martín Cerezo, en cuyos ojos marrones se reflejaba el brillo de su Mauser de 7 mm, tuvo una idea que decidió la batalla: ordenó rellenar de agua hirviendo las latas vacías de carne en conserva y, tras atarlas a pértigas de bambú, la vertieron sobre los filipinos, logrando así que los insurgentes abandonaran el lugar a la carrera bajo una lluvia de disparos.

Al segundo toque de corneta, un cansado Martín Cerezo empezó a subir las escaleras hasta el campanario en busca del encargado de la vigilancia. Dejándose llevar por un cansancio infinito, fue ascendiendo peldaño a peldaño sintiendo sobre sus hombros cada uno de los trescientos treinta y tres días de asedio donde al hambre, la escasez de agua, la falta de higiene y de sueño, había que sumarle la desazón por los intentos de deserción —el último, el día 8 de mayo, cuando José Alcaide Bayona lo logró en su segundo intento—, aunque lo que realmente le mordía el alma era aquel incipiente sentimiento de culpabilidad por no haber sido capaz de sacar allí a sus hombres. En ese momento lamentó profundamente ser quien se encontrara al mando de la tropa; al fin y al cabo, él no tenía que haber sido más que el tercero en el escalafón, por detrás del capitán Enrique de las Morenas y el segundo teniente Juan Alonso Zayas, pero la fatalidad en forma de enfermedad quiso que él quedara desde el inicio como el militar de mayor grado.

Al llegar al campanario, el reflejo del sol recortó la silueta famélica de Luis Cervantes Dato, que se mantenía con los ojos fijos en el campamento filipino.

—¿Qué sucede, soldado?

El muleño se cuadró ante su superior. A pesar de faltarle media oreja —la otra media se la dejó en una de las incursiones realizadas a finales de febrero para cazar unos carabaos que él mismo avistó—, ofrecía un aspecto relativamente sano en comparación con gran parte de sus compañeros.

—Han hecho sonar la corneta y han sacado una bandera española, señor.

—Así que quieren parlamentar —dijo Martín Cerezo con sorna—. Otra vez.

Llevándose la mano a la herida superficial que tenía en la ceja, el teniente extrajo su catalejo y dirigió su mirada hacia las trincheras, donde divisó a un hombre vestido con uniforme de teniente coronel del Ejército español.

—Dejen que ese hombre se acerque, aunque no descuiden la vigilancia —ordenó el teniente antes de abandonar el campanario.

Cuando Martín Cerezo llegó a la puerta de la iglesia, al otro hombre aún le faltaba la mitad del camino, dando tiempo al jefe de los sitiados para observarle detenidamente. Aunque tenía aspecto de ser español —mediana estatura, moreno, ceñudo y un bigote tan espeso como el follaje del bosque que rodeaba a la iglesia—, no fue capaz de reconocerle. Un tanto inquieto, dejó que el militar se acercara lo suficiente y, cuando estuvo a tiro, realizó un disparo al aire.

—¡Alto! —gritó el teniente—. ¡Identifíquese o le vuelo la cabeza!

El hombre se paró en seco, levantando las manos.

—¡No dispare, soy español!

—¡Como si es la mismísima María Cristina! Que se identifique o le pego tres tiros.

—Soy Cristóbal Aguilar y Castañeda —dijo el militar, torciendo el gesto—, teniente coronel del Estado Mayor. Me ha enviado don Diego de los Ríos, gobernador general de Filipinas, para parlamentar con usted.

Lentamente, Martín Cerezo fue bajando el arma, suspirando profundamente, como si le costara creer lo que estaba oyendo.

—Y con éste —susurró el teniente, exasperado—, ya van cinco.

***

Baler, tarde del 29 de mayo de 1899

—Es una trampa.

La voz de Rogelio Vigil de Quiñones, médico del destacamento, resonó en toda la sacristía. A su lado, los franciscanos Félix Minaya y Juan López Guillén miraban alternativamente al galeno y al teniente, reunidos de urgencia para ver si aceptaban la salida propuesta por el supuesto enviado del gobernador general.

—¿Usted que dice, padre Minaya? —preguntó Martín Cerezo.

Desde que volviera del parlamento con Aguilar, el teniente se debatía en una encrucijada interna. Aquella era la quinta ocasión en la que un español que decía venir representando al gobierno anunciaba la pérdida de la colonia y reclamaba el abandono de las armas. Y como en las cuatro anteriores, Martín Cerezo recelaba de la veracidad de lo que le estaban contando; no le entraba en la cabeza que España cediera las Filipinas sin apenas luchar.

—Ese hombre nos ha dado su palabra de que regresaremos a España sin necesidad de un tiro más —dijo el sacerdote—. Y también ha advertido que regresará a Manila el día 2 para embarcarse en el León XIII con rumbo a Cartagena, con o sin nosotros.

—La palabra de un hombre en medio de una guerra no vale nada, padre —interrumpió Vigil—. Lo único que quieren es que salgamos para así apoderarse de la iglesia y arrebatarnos el armamento. Además, nada ha cambiado respecto a las últimas propuestas que rechazamos como para que ahora nos lo planteemos.

Sentado en una de las pocas sillas que aún quedaban en toda la iglesia, Martín Cerezo tuvo que reconocer la lógica del médico. El 13 de febrero, un hombre que se identificó como el capitán de infantería Miguel Olmedo vino a entregar personalmente al capitán Enrique de Las Morenas y Fossi, quien había fallecido de beriberi unos días antes, un mensaje firmado por el gobernador general De los Ríos, fechado a 1 de febrero, por el que se les ordenaba la rendición.

«Habiéndose firmado el tratado de paz entre España y Estados Unidos, y habiendo sido cedida la soberanía de estas Islas a la última nación citada, se servirá evacuar la plaza. Trayéndose el armamento, municiones y las arcas del tesoro, ciñéndose a las instrucciones verbales que de mi orden le dará el capitán de infantería don Miguel Olmedo Calvo. Dios guarde a usted muchos años».

De inmediato, tanto el teniente como el padre Minaya —«desde las primeras palabras que pronunció nos figuramos que aquel hombre ni era capitán de nuestro ejército, ni comisionado del general Ríos, sino un insurrecto o un desertor» (Diario del sitio, día 234)—, sospecharon de las intenciones de aquel hombre, así que, ocultando el fallecimiento de De Las Morenas, lo despacharon diciendo que se daban por enterados y que si quería una respuesta, mejor sería que regresara otro día, que esa mañana andaban muy ocupados.

La segunda ocasión tuvo lugar en abril, cuando unos soldados norteamericanos, comandados por el teniente James Gilmore, ofrecieron su barco a los españoles a cambio de entregar las armas a los filipinos, pero nada más plantearse los términos de la retirada, todos en la iglesia rechazaron la oferta de plano. Subido al campanario, Martín Cerezo, sabedor de que los «yankis» podían ser cualquier cosa menos desinteresados, les respondió a voz en grito que quizás en los Estados Unidos la capitulación estaba bien vista, pero que en una nación con hombres de verdad la simple insinuación de la rendición resultaba una afrenta. Y sin mediar más palabras, les despidió con una intimidatoria ráfaga de disparos al aire.

—Lo que no cuadra —dijo Martín Cerezo, volviendo al presente— es que cuando le he dicho que de acuerdo a las cartas que supuestamente mandó el gobernador debíamos embarcar tanto provisiones como municiones, Aguilar me haya respondido que no, que las nuevas instrucciones son que solamente se embarque a los hombres, tal y como se ha hecho con los de Zamboaga. Aunque lo más sospechoso de todo es que, tan solo una hora después de la derrota filipina de esta mañana, surja de la nada un nuevo emisario de Manila para decirnos que debemos deponer las armas con la cantinela de que Filipinas ya no es española.

—Teniente —interrumpió Minaya—, quizá nos estemos equivocando. Los designios de los mandos militares muchas veces son como los de Dios, inescrutables, así que la opción de que España haya perdido la colonia, aunque funesta, no es improbable. Incluso nos han mostrado periódicos españoles que así lo atestiguan.

—Diarios que han podido ser manipulados —apuntó Vigil.

—Puede —reconoció el cura—, pero insisto en que quizás nos estamos dejando llevar por la cerrazón. Debemos considerar la posibilidad de que el Altísimo nos esté abriendo una puerta honrosa para salir de aquí por nuestro propio pie, algo que, de otra manera, todos sabemos que es imposible. La munición escasea y apenas quedan latas de sardinas para dar de comer a más de treinta hombres, así que, antes o después, nos veremos forzados a capitular. Pero si lo que dice es cierto, no depondremos las armas porque nos hayamos rendido, sino porque ya no hay motivo por el que luchar. Creo que sobrevivir a un asedio supera al honor de morir por una causa de la que dudamos siga existiendo. Recuerde las palabras de Escipión: *Proeliis parta sunt, ferro et viribus, sed bella parta capu*; las batallas se ganan con espadas y fuerza, pero las guerras se ganan con la cabeza.

Martín Cerezo asintió, consciente de que el franciscano tenía parte de razón, pero no podía evitar pensar que había algo en aquel Aguilar que no le inspiraba confianza. Cerrando los ojos, trató de ordenar sus pensamientos y apartar las suspicacias que habían hecho que ya no se fiara de nadie; algo lógico, se justificó, cuando solo en él recaía la responsabilidad de mantener con vida a una treintena de hombres, lo que exigía máxima prudencia en las decisiones.

El teniente recapituló. Cristóbal Aguilar había tratado de eliminar cualquier atisbo de sospecha de traición preguntando si alguno de los sitiados había servido en Mindanao con él, mas nadie fue capaz de identificarle, lo que provocó opiniones divergentes entre Vigil y los frailes sobre la autenticidad o no de su mensaje. Pero si ahí había disparidad de opiniones, en lo que todos estuvieron de acuerdo era en lo difícil de aceptar que el militar se presentara desde las trincheras enemigas para exigir la rendición justamente después del enésimo intento frustrado de los filipinos para tomar la iglesia.

Inquieto, Martín Cerezo se removió en la silla. Atendiendo a lo sucedido, solo cabía deducir dos posibilidades. La primera y más dolorosa era que aquel hombre viniera realmente en nombre de De los Ríos, lo que significaría que se había perdido la guerra. En ese caso, tendrían que arriar la bandera y abandonar inmediatamente sus puestos, dejando atrás 16 cadáveres que habrían muerto para nada. La segunda opción era que todo fuera otra estratagema rebelde, reforzada por la traición del gobernador general. Conjeturas seguramente infundadas, se confesó a sí mismo, pero el de Miajadas, hombre dado a los refranes, estaba convencido en que cuando el río suena, agua lleva, por lo que la lógica le debería llevar a rechazar la propuesta y mantenerse en la iglesia por más que supiera que, más pronto que tarde, la enfermedad, el hambre o las balas rebeldes irían acabando con todos.

Sintiendo cómo le sudaban las manos, respiró hondamente mientras analizaba las consecuencias de su decisión. Si deponía las armas, podrían abandonar Filipinas con la dignidad y el orgullo intactos por no haberse rendido ante el enemigo; pero si se trataba de un nuevo ardid rebelde, acabarían apresados o ajusticiados sin la dignidad propia que corresponde a un soldado muerto en combate. Por otra parte, el rechazar la propuesta implicaba condenar a toda su tropa a una muerte segura dentro de aquella iglesia, aunque al menos tendrían el consuelo de saber que habrían caído defendiendo a su bandera.

Entre pensamientos y disquisiciones, la tarde había dado paso al anochecer, colándose una tenue luz crepuscular que se filtraba entre las rendijas de las ventanas parcialmente tapiadas de la sacristía, dejando en la penumbra parte de los rostros serios de Vigil de Quiñones y los padres Minaya y López, cuyos ojos se mantenían fijos en el teniente, aguardando una decisión en la que les iba la vida. Haciendo caso omiso a sus acompañantes, Martín Cerezo continuó sopesando en silencio las consecuencias de su resolución hasta que, de pronto, como movido por un resorte, se levantó enérgicamente de su asiento.

—Querido padre Minaya —dijo lentamente y con un brillo apagado en los ojos—, a lo que usted me argumenta yo le refiero que nemo patriam quia magna est amat, sed quia sua, nadie ama a su patria porque ella sea grande, sino porque es suya. Y yo no traicionaré ni a mi nación, ni a la memoria de los 16 hombres que se han dejado la vida tan lejos de su hogar. Por lo que sé, esta iglesia es territorio español y mi deber es defenderla hasta que el mismísimo gobernador general de Filipinas venga en persona a pedirme que deponga las armas. Me lo exige tanto mi conciencia como mi uniforme, y así se lo indicaré mañana a nuestro interlocutor. Si hemos de morir, lo haremos con la satisfacción de saber que nuestras esposas, novias, madres o hermanas jamás puedan decir que los sitiados de Baler no cumplieron con su deber.

Martín Cerezo disolvió la reunión y ordenó repartir el rancho a la tropa, cediendo su parte a Antonio Bauza, herido en la confrontación de la mañana. Cuando se quedó solo, con la luna asomando tímidamente por el agujero del techo de la sacristía, se colocó frente al pequeño espejo que estaba colgado en la pared, devolviendo el reflejo de un hombre de aspecto demacrado y ojeroso al que apenas reconocía, el de alguien a quien los años se le habían echado encima durante los meses en los que había tenido que hacerse cargo de aquel batallón.

Suspirando lentamente, el teniente dejó escapar un quejido. Nunca había sido una persona muy sociable, pero en esta ocasión —y quizás por primera vez en su vida—, se sentía realmente solo. Aquella sensación de aislamiento le recordó de inmediato una conversación que tuvo con el capitán De Las Morenas cuando, sabiendo que iba a morir, mandó llamar al teniente para cederle el testigo de la defensa de Baler, hacía ya ocho meses. Encerrados en la enfermería, el capitán le susurró entre grandes fiebres su idea sobre cómo mejorar la defensa de la iglesia, a la vez que le aconsejaba sobre lo que él llamaba la soledad del poder.

—Tener el poder implica estar solo, teniente —balbució el capitán en un tono apenas audible debido a la parálisis producida por el beriberi—. A partir de ahora, sus decisiones tendrán consecuencias terribles tanto para usted como para sus hombres y tendrá que convivir con ellas el resto de su vida. La guerra es un juego de ajedrez, Saturnino; su misión es salvaguardar al grupo, por lo que no deberá dudar en sacrificar peones para ganar la partida. Habrá momentos de incertidumbre y sufrimiento, y en esos casos nunca olvide que los líderes que son capaces de soportar las decisiones en soledad son los que forjan el camino a la victoria, pero también son los que pagan el mayor coste por llegar.

El ruido de una lechuza sobrevolando el tejado devolvió a Martín Cerezo al presente. Mientras el animal se perdía en la noche, se colocó su casaca azul con vueltas y vivos rojos y se la abotonó. Inmediatamente después enfundó la pistola y, tras dedicar un minuto a sacar brillo al sable, envainó la espada sobre su cadera izquierda. Al sentir el tacto del acero, se miró al espejo, extrañado; durante un instante le pareció que las armas pesaban más de lo habitual.

—Esto debe ser lo que llaman sentir el peso del uniforme —murmuró con una media sonrisa mientras se pasaba la mano por las charreteras doradas.

Y tras comprobar que presentaba un aspecto intachable, dentro de las circunstancias, se acercó al crucifijo y, poniéndose de rodillas, comenzó a rogar a Dios para que no se estuviese equivocando en su decisión.

***

Baler, mañana del 30 de mayo de 1899

—Dígale al gobernador general que nuestra intención es resistir al menos tres meses más. Si antes de ese tiempo no se nos envía un buque de guerra español a nuestro rescate, yo mismo acudiré a Manila con los hombres que pueda salvar.

Moviendo la cabeza de izquierda a derecha, Aguilar y Castañeda suspiró hondamente ante la rotundidad con la que Martín Cerezo rechazaba la ayuda. Antes de volverse por donde había venido sacó de uno de sus bolsillos un ejemplar de El Imparcial del 10 de diciembre del 98 donde se anunciaba la firma del Tratado de París y se lo tiró a los pies. Mientras el teniente ojeaba sin mucho interés la portada, Aguilar se quedó observándolo detenidamente.

—Veo que mis esfuerzos han tropezado con una obstinación jamás vista —objetó Aguilar—. O quizás un sacrificio perturbado, si me permite que lo diga.

—Puede que sea sí, señor —respondió lacónicamente Cerezo, sereno y altivo.

A la seca repuesta le siguió un silencio incómodo que cortó Aguilar.

—Teniente, van a morir por una tierra que ya no forma parte de nuestra patria.

Mientras asentía con un leve movimiento de cabeza, Martín Cerezo se encendió el último cigarrillo que le quedaba y, llevándoselo despacio a la boca, inhaló el humo con especial deleite mientras miraba al teniente coronel.

—Con todo el respeto, señor. Preferimos pensar que, en el caso de que lo que comenta sea cierto, al menos seremos recordados como los últimos hombres que dieron su sangre por el Imperio.

—¿Es que acaso buscan la gloria? El respeto de sus enemigos ya lo tienen, pero de vuelta a casa no esperen oropeles. Si es que regresan.

El teniente negó con la cabeza.

—Ni gloria ni fortuna, señor. Mi intención es llevar a mis hombres de regreso a España de una pieza, aunque tenga por seguro que tanto mi tropa como yo mismo estamos dispuestos a morir con el honor intacto y la conciencia tranquila de saber que hemos cumplido con nuestra patria y su bandera.

—¿Y acaso hay que morir para conseguir todo eso?

—Cuando uno se encuentra rodeado de enemigos solo existen dos caminos para un hombre de honor: el primero sería aceptar los términos de la rendición.

—¿Y el segundo? —preguntó Aguilar.

—No rendirse y pelear hasta el final.

Mojándose los labios, el enviado del gobernador se encogió de hombros.

—Puedo intuir qué opción han elegido. Pero que sepa que es la equivocada.

—Alguien me dijo en una ocasión que cuando la situación es adversa y la esperanza poca, las determinaciones drásticas son las más seguras. Aunque no busque explicaciones —dijo el teniente, encogiéndose de hombros—, simplemente será que somos españoles.

Dicho esto, Saturnino Martín Cerezo apuró el cigarrillo, lo arrojó al suelo con desgana y, tras cuadrarse ante Aguilar —un teniente general siempre era un teniente general, fuese un traidor o no—, se giró sobre sí mismo de regreso a la iglesia de Baler con paso lento pero decidido, vigilado por los treinta y dos pares de ojos de españoles —todos salvo Menache y los otros desertores, confinados en el presbiterio— que, fusiles en alto, apuntaban imperturbables hacia las trincheras enemigas.

—¡Soldados —dijo el teniente cuando estaba a punto de cruzar el umbral de la puerta principal—, cierren las puertas!

Una vez refugiado en su interior, para desazón de Aguilar y del resto de los rebeldes filipinos, se escuchó el ruido de las oxidadas bisagras al cerrarse la puerta. Y mientras afuera el enviado del gobernador se retiraba a dar parte de lo sucedido a Manila, en el tejado de la iglesia se izó de nuevo, como cada mañana desde hacía trescientos treinta y cuatro días, la bandera española.

La famélica legión

Arkaitz Lemur

Con desgana, llevé mis pies hacia adelante. Pesadamente, primero uno; después el otro. Lo difícil es dar el primer paso. Anduve, casi sin vida, arrastrando las suelas; dejando atrás la tortuosa senda del cementerio, las lágrimas de Madre, el repicar de las campanas. ¡Qué duro es enterrar a un compañero!

Canturreé viejas canciones de mi pueblo por el camino. Esas que me enseñó a cantar Padre, antes de marchar a la mina y que han sido, a la postre, la única herencia que me ha dejado. Me obligué a sonreír: que al pasar no noten sus camisas azules que ha sido a Padre a quien fusilaron ayer. ¡Joder! —me dije—, ¡los hombres no lloran! Y perdí la mirada buscando el luto en el suelo.

Pensé en él, en el hombre que me regaló el viejo pico de su padre, de mi abuelo; con las dos iniciales que los tres compartimos. Padre era uno de nosotros; de esos hombres que tenemos la cara negra; las manos negras, el pelo negro, las ropas negras y los pulmones invadidos de polvo. Uno de esos hombres que tenemos el pico como hermano, las esperanzas metros más arriba y el sol, con suerte, en la memoria. Porque ahí, entre el humo negro, la luz tiene miedo a entrar. No nos acompaña ni el sol, ni la luna, ni la esperanza. Es la mina. Y solo nos acompaña Ella.

Padre, como nosotros, se encomendaba a Santa Bárbara y picaba su vida de las negras paredes. Se arrastraba entre el polvo, en busca de un futuro mejor para sus hijos. Pero el futuro escapaba hacia el fondo; hacia el centro mismo de la Tierra. El futuro, en efecto, también se vestía del negro de la mina. Un día, Padre me dijo —aquel día, pensé que se me moría— que Dios hizo tan negras las minas para que el mundo no viera sus horrores.

Padre, como nosotros, tenía la Negra como casa; aunque a mí nunca me ha parecido un hogar. ¡Ay, mi mina! Es fría, humeda e incómoda. Sin embargo, a Padre últimamente le relajaba la oscuridad de los túneles. Fuera de ella, sudaba, temblaba, se asustaba por todo. Como el resto de los mineros del sindicato; como el resto de esos milicianos que preparaban la defensa de la República por los montes de Asturias. Yo quería ir con ellos pero Padre insistía en que mis dieci- siete años estarían mejor invertidos en la mina que en la Patria. Debes cuidar de tu madre —decía—, cuando a mí ya no me dejen estar.

«Cuando a mí ya no me dejen estar...»

Y fue anoche cuando les abrí la puerta. Al saludarme a punta de pistola engalanados en sus camisas azules, entendí a qué se refería Padre. No hubo gritos. Padre les estaba esperando. Cruzó el umbral, apartándome, regalándome una mirada que sabía a despedida. Vi cómo al borde de la carretera le juntaban a una fila de personas encadenadas por los pies y oí, como malévolo final a la injusta tragedia, la risa irritantemente ridícula del que había aporreado la puerta. Después vino un portazo y ya no quise respirar.

No sé cuánto tiempo pasó hasta que conseguí reaccionar. Pensaba que estaría dormida pero encontré a Madre, que siempre lo sabe todo, con la mirada perdida por la ventana de la cocina. Allí, hacia el infinito, corría la carretera. Hacia un infinito horizonte negro... Intuí, por eso, cuál era el camino y perseguí sus pasos, negándome a aceptar lo evidente.

Encontré al grupo un par de kilómetros fuera del pueblo, a orillas de la carretera. Me acerqué, escondido entre los zarzales. Había ya algunos bultos sanguinolientos en la calzada. Reconocí algunos: A Joaco, mi mejor amigo; ¡asesinado a los diecisiete! Vi también a su madre, a la que el disparo no había llegado a matar, aguantándose las lágrimas por no darles el placer a los verdugos. Y entre sus brazos, al pequeño de la familia: el pobre Tinín, que no tendría ni tres años. «No tenéis vergüenza». Y allí, quedando sólo ellos dos en pie, frente a los diecisiete cádaveres que llegué a contar, Padre y Joaco Padre. Tan buenos amigos como éramos su hijo y yo; juntos, sin miedo a la muerte —¡eran mineros!, ¿por qué la iban a temer si vivían con ella?—, con el puño en alto; soportando culatazos, insultos, vejaciones. Supe en ese instante que de un minero se puede doblegar el cuerpo pero no el espíritu. Fueron dos disparos. Como dos puntos, uno encima de otro, —y no un punto y final— que daban cordura a la última frase de nuestros padres: «Atruena la razón en marcha».

Al fin llegué. Mis compañeros, los excompañeros de mi padre, me esperaban a la entrada de la mina. Los pésames no son un protocolo extraño para nosotros. Son muchos los que entran a la Negra y ya no vuelven a ver el sol. Aunque desde aquel maldito día de julio, todo ha cambiado. La mina no es ya el mayor enemigo de los picos; ya no es quien más mineros mata.

El alcalde, que solía venir a charlar con el patrón, estaba más nervioso de lo habitual. Su enorme calva, sus peludas manos; su camisa azul siempre impecable —jamás se había acercado, ni siquiera, a la entrada del túnel—, estaban bañados en un sudor culpable, aunque ninguno alcanzábamos a reconocerlo. Su hijo pequeño, que nos miraba con la indiferencia de los señoritos, tampoco. Cuando entramos, la mina parecía más negra. La Negra guarda luto por tu padre —me dijeron. Me robaron una sonrisa; también negra, también llena de luto.

Llévabamos un par de horas de trabajo y todos la notábamos rara. ¿Negra, qué te pasa? —preguntábamos preocupados—, ¿qué te pasa, Negra? No sabíamos si olía distinta; si hoy se agitaba más de lo normal, si los picos hoy parecieran ceder al carbón por no desgastarse... No lo sabíamos. Acariciábamos las paredes tratando de calmarla; olisqueábamos el aire, intentando purgarla de gases. La mina, a fin de cuentas, es como nuestra madre —¡Madre!, ¿cómo estará usted ahora?— y hay que cuidarla.

Alguien gritó —¡agua!—. Era verdad. Todos la vimos filtrarse lentamente por las paredes. No parecía una fuga. El agua de las fugas viene negra, teñida de nuestra vida; humillada por el carbón. Pero aquella era transparente y estaba salada. ¡Era sudor! Era un sudor cobarde y asesino. Todos lo entendimos. Ceñí mi pico al cinturón y me dirigí al túnel principal por el que mis compañeros ya emprendían la subida. Antes de llegar, me la encontré.

Ella estaba allí; picando sentada, sin luz, como siempre. Ni siquiera se molestó en mirarme. Observé cómo a su lado acumulaba los trozos de carbón y, cuando me sintió acercarme, los protegió con recelo con el brazo. Jamás había recogido tanto de una sola vez... pero a ella nadie puede negarle lo que se le antoje. Asumí la pérdida y me enfrenté al destino.

Los gritos cerca de la entrada confirmaron las sospechas. Los franquistas habían vuelto. La sangre de Padre no había calmado su vergonzosa sed. Como los perros, cazan en las madrigueras, allí donde nos sentimos más vulnerables. Después de buscar en nuestras casas a nuestras madres, mujeres, hijos y hermanos; vinieron a por nosotros. Nos les pusieron en fila, al filo de la calzada; igual que hicieron con Padre y los otros.

Como en un tétrico ejército de derrotados, como sus maridos, y al frente de varios cuerpos ensangrentados, capitaneaba Madre con la madre de Joaco. Tenían alzados los puños derechos y sus voces destilaron las mismas últimas frases que las de sus maridos: «Atruena la razón en marcha». Siguieron, como entonces, otros dos puntos.

Ante los asesinatos, mis compañeros arrojaron lo que más a mano tenían: voló el carbón, como metralla: volaron nuestras vidas picadas en la Negra. Volaron en una sólida y opaca lluvia oscura que ya no podía evitar la tragedia. La carretera lloraba sangre.

Envueltos en una rabia extraña, corrimos hacia la Negra, con lágrimas en los ojos y los dientes apretados. Los asesinos se burlaban, pensando que huíamos. No fue hasta que por fin estuvimos atrincherados dentro cuando cayeron en la cuenta de cuáles eran sus bajas. La mina tenía hambre: hemos querido darle de comer al alcalde y a su hijo.

Y aquí estamos, en la Negra, con ellos. Al pequeño lo tienen ahí, en uno de los túneles. Al alcalde lo tenemos en el suelo, creo que inconsciente. Hemos descargado sobre él, sobre este traidor que ha vendido a nuestras familias; tanta violencia como nuestra moral nos ha dejado. Y hemos parado, no sé bien por qué. Aquí, recluidos como bestias no hay hueco para la ética.

Alguien afirma que tenemos que organizarnos para hacer frente a lo que se nos viene encima. Si es que no vuelan esto con nosotros dentro —ha dicho otro—. No, no lo harán. No mientras sigan con vida este Judas y su prole. Pero eso no quiere decir que no venzan... aunque no convenzan.

Me apoyo en una pared y la noto seca. La Negra ha dejado de sudar —informo—. Ricardo reacciona al instante: le intenta tomar el pulso al alcalde. No late, no respira. Está muerto. Se produce un silencio que sólo rompe el eco de los llantos del niño; que son acallados con un sonoro bofetón. Quien le haya pegado, le grita que los hombres no lloran. Respiro y me acuerdo de Padre.

Es hora de organizarse. Divididos, porque ellos no conocen la mina como nosotros: cada uno en su túnel de trabajo. Y yo, sin el compañero Joaco y sin mi padre, solo en el mío.

Cuando llego a mi rama, me doy cuenta de que no estoy tan solo. Ella sigue ahí; aún sin mirarme. El montón de carbón que ha picado es ya escandalosamente grande. Dolorosamente grande. Ni se molesta en taparlo con el brazo cuando paso a su lado; sabe que no me interesa. Sentado, espero la muerte o el milagro que sé que no va a llegar. «Nosotros mismos realicemos el esfuerzo redentor». Oigo los gritos en la Negra. Alguno, incluso, creo que se lo han arrancado a la propia mina cuando una bala ha rebotado en la pared o un pico arrojado no ha acertado en una camisa azul.

Por como chillan, me imagino las heroicas muertes de mis compañeros; cayendo todos en pie, luchando. Los temblores de la Negra me hacen suponer que alguno, quizá, se defiende con pequeñas raciones de dinamita. ¡Joder! Me siento orgulloso de ellos. Y yo, mientras, estoy aquí sentado como una rata asustada; esperando a que me den el tiro de gracia. Intento incorporarme. Ella, por primera vez, deja de picar. Me dirige una vacía mirada de reproche. Ya tiene planes para mí. Me tengo que quedar sentado porque no me gustaría contrariarla.

Se apaga la luz de la linterna. Ahora dependo sólo de mi orientación. Unos ruidos a la entrada de mi túnel hacen que me ponga de pie en un suspiro. Todo se queda en silencio, salvo por un ruido metálico junto a mi bota. Pocos segundos después, vuelvo a oír el ruido del picar en la pared. Ella sigue sacando carbón así que, supongo, estará de acuerdo en que me haya levantado. Sin embargo me noto demasiado ligero.

¡Al incorporarme se me ha caído el pico! Tanteo con la mano el suelo hasta tocar metal. No me da tiempo a hacer más antes de que la luz de una linterna me ciegue por completo. Y escucho, como la escuché anoche, esa risa irritantemente ridícula. Me juro que es la última. —Además, si se ríe así, es porque no la ha visto a Ella—. Arrojo mi pico, a ciegas, confiando en dar un golpe certero y a la vez oigo un disparo, que sé que inevitablemente —porque noto a la mina llorar; porque oigo a la Muerte picar más deprisa—, me ha dado de lleno.

Abro los ojos y me acerco arrastrándome sobre la herida de mi vientre hasta el asesino de mi padre. Pero lo que tiene clavado en el corazón no es mi pico. Es una guadaña. La miro, a ella, a la Muerte; que sigue picando. Observo su mano y encuentro, bajo sus descarnados, huesudos dedos, las iniciales de mi abuelo. Y se baja la capucha en señal de respeto, como un honroso réquiem a los hijos de la Negra.

Así es como nos ha encontrado Ricardo, el único superviviente de la Tragedia de la Negra. Le han dejado rescatar a algún compañero para enterrarlo a cambio de devolver con vida al señorito —me dice. Del alcalde, por supuesto, no han querido saber nada. Les viene bien un mártir para justificar nuestra matanza.

Como decía, Ricardo llegó, nos vio y se quitó el casco ante la Muerte. Retiró, con la cabeza gacha, el último pedacito de carbón —mi vida— que la Parca había picado. Ella no responde. Comprende que todos tenemos derecho a despedirnos de nuestra tierra, aun cuando nos la hayan arrebatado. Y yo... Yo quiero despedirme de una España que ya no es mía.

Ricardo me deposita casi muerto en la calzada, junto al cuerpo de Madre, en la sangre seca del asfalto. Espero que la carretera también llore mi muerte... Y aquí, justo ahora, mis ojos se están quedando sin brillo. Noto como mi compañero ya se prepara para bajarme los párpados. Una lágrima, la postrera, se desgarra de mi mirada cuando asisto, impotente, a la horrible realidad que se levanta ya entre los montes: «en España empieza a amanecer».

—Acábala —me exige Ricardo, cerrándome los ojos. Tiene razón. Al menos para mí... «es el fin de la opresión».

Los relatos vistos por sus autores

El hombre de Castelnuovo

Jose Luis Molinero Navazo

Fiel a la formación académica del autor, la principal característica del relato es la verisimilitud de la historia contada, por la sencilla razón de que nos cuenta hechos que sucedieron realmente. El personaje central, un veterano del sitio de Castelnuovo en 1539 del que ni siquiera hace falta conocer detalles personales, aparece como un antiguo soldado de los primeros tercios españoles y uno de los escasos supervivientes de aquella gesta militar. Como ocurría en aquella época con los prisioneros capturados por occidentales u otomanos, el protagonista fue esclavizado y encadenado como remero a una galera. Pero además de la resistencia de Castelnuovo, reconocida en su época por toda Europa, algunos supervivientes del sitio redondearon su hazaña escapando junto a otros cautivos, en un barco que logró alcanzar las costas de Sicilia seis años después.

El relato esta realizado en dos planos distintos, pero presentados al lector simultáneamente. Por un lado tenemos la historia que el sufrido veterano del asedio de Castelnuovo narra a la viuda e hijos del jefe español que organizó la defensa de la plaza. Por otro, los retazos de la batalla que el protagonista vivió en primera persona, que permiten al lector saber cómo era la guerra en Europa a mediados del siglo XVI.

El mercenario y el libro

Miguel Páez Caro

Hacia el año 1631 Galileo Galilei, que a la sazón purgaba condena en una villa de las afueras de Florencia, decide publicar su trabajo sobre el movimiento de la Tierra y los planetas alrededor del Sol, aún a sabiendas de que dicha decisión representaba una afrenta para las autoridades del Santo Oficio, las cuales habían sido en cierta manera «benévolas» con el astrónomo luego de la censura de 1616. Esos obstáculos hacen que la publicación de la investigación sea una empresa casi imposible de realizar. No obstante, Galileo se las ingenia para que el documento vea la luz en febrero de 1632, bajo el título *Diálogos sobre los dos máximos sistemas del mundo*.

«El Mercenario y el libro» intenta revivir los confusos hechos que precedieron a la publicación del *Diálogo*, tomando como excusa el hallazgo, por parte de un turista que se encuentra de vacaciones en Ciudad de México, de un viejo volumen en una librería del centro de la capital azteca, volumen cuyo rasgo llamativo es, a decir del narrador, estar incluido en una lista de libros prohibidos por el Santo Oficio por contener el testimonio de un mercenario que participó en el transporte del manuscrito original del *Diálogo* antes de su publicación. La reconstrucción de dicho testimonio es uno de los propósitos del narrador, así como las razones que dieron origen a la aventura literaria de un mercenario de Estrasburgo caído en desgracia. El relato, a su vez, rescata la idea, ya presente en Cervantes, de cómo un hombre de armas termina convertido en escritor.

Cambio de planes

Rosa García Cachán

En «Cambio de planes», la reina Isabel I de Castilla reflexiona en voz alta sobre la sucesión de acontecimientos que tuvieron lugar en su familia desde la muerte del príncipe don Juan, octubre de 1497, hasta justo un año después, y que dieron al traste con todos los planes que Isabel había hecho sobre el futuro de España.

En aquel año aciago murió su heredero, el príncipe don Juan; la princesa Margarita de Austria, esposa de don Juan, dio a luz una niña muerta; la hija mayor de la reina, también llamada Isabel, casada en segundas nupcias con el rey de Portugal y convertida en princesa de Asturias a la muerte de su hermano, muere a las pocas horas de traer al mundo a su hijo Miguel de la Paz, que se convertía, por derecho, en heredero de las coronas de Castilla, Aragón y Portugal.

Lo que Isabel no sabía en octubre de 1498 es que su nieto y heredero, Miguel de la Paz, moriría antes de cumplir los tres años; que a la muerte de la propia reina, el rey Fernando regresaría a Aragón y volvería a casarse aunque sin tener descendencia, lo que permitió que, tras el singular reinado de su hija Juana, las coronas de Castilla y Aragón pasaran a su extraño y extranjero nieto Carlos.

Los datos históricos se entremezclan con las emociones de Isabel como reina y como madre, mostrándonos una mujer de férrea fortaleza sustentada sobre un profundo dolor interior.

El símbolo de lo enorme

Ricardo Giraldez

«Homo sum, humani nihil a me alienum puto». «Hombre soy, y nada humano me es ajeno», escribió Publio Terencio *Africano* en su comedia *El enemigo de sí mismo.*

Difícil valerse de esta casuística tratándose de un personaje como Gilles de Rais, a quien su tiempo condenó a las llamas por maldito y hereje, y una modernidad más expeditiva califica hoy de demente.

Lo cierto es que en vano le buscaríamos paralelos a este desigual personaje en la historia; no los tiene. Él es solo y sin par, y su mera evocación basta para plantear toda suerte de incógnitas de peligroso abordaje. Pues, ¿quién, antes o después, ha golpeado con mayor desesperación los portalones del Cielo y del Infierno?, ¿quién se ha esforzado tanto en ganar para sí propio la santidad como en apresurar su propia perdición? La luz y las tinieblas lo atrajeron con parejo magnetismo, y el héroe y el demonio cohabitaron alternativamente en su carácter diverso. Y acaso, para no faltar a ninguno de los opuestos que con tal ímpetu tironeaban de su alma dubitativa, Gilles de Rais construyó un puente odioso entre lo encomiable y lo aborrecible.

Seguramente, tras pasar revista a los hechos de su despareja y escandalosa existencia, sentiremos la tentación de tildarlo de «monstruo» y reprobar sus actos como «inhumanos». Pues tanto así se tensa la cuerda de nuestra indulgencia y comprensión ante él. No obstante, ello podría llevarnos a obviar la fórmula de Terencio y eludir la responsabilidad que según ella nos toca.

En efecto, como monstruo, Gilles de Rais, no nos incumbe, se pierde en la bruma ilusoria de una dimensión fantástica desde la cual no puede dañarnos, todo lo más puede horripilarnos. Como hombre, en cambio, y siguiendo la fórmula latina ya mencionada, es que el personaje se hace aterrador más allá de lo soportable y que impone un embarazoso desafío. Pues lo más difícil y delicado a la hora de abordar la figura de Gilles de Rais, acaso no sea constatar aquello de lo que un monstruo es capaz, sino de lo que pudo —o puede— ser capaz un hombre.

Cum tempore

Luis Collado Huertas

El relato, ubicado en la ciudad salmantina, tuvo su origen en la investigación de una leyenda de apariciones en el Castillo del Buen Amor —bautizado así por servir de territorio de hospedaje a ilustres parejas de amantes, a lo largo de su historia, actualmente reconstruido y reformado en hotel—. Escoge como protagonista una ficticia hija de Alonso de Ulloa Fonseca Quijada, señor de Villanueva del Cañedo. Amanda recibe una carta, en la que su padre le insta a visitar el castillo, a causa de un pesado secreto del que se siente dolido.

Narrada a través de una hilada de misivas entre la muchacha y su padre, la ficción del relato no es sino la confusión de una realidad menos cruenta, pero no menos compleja, basada en la criticada relación que mantuvo Don Alonso de Ulloa con Teresa de las Cuevas; defendida con honestidad y ahínco hasta su término, pero resguardada entre los muros del castillo de la censura pública. Las terroríficas percepciones de la medrosa Amanda, se entrecruzan con la lectura de las cartas por parte de Fray Bartolomé de Medina, años después, cuando recibe la orden de estudiar los escritos, por si se dedujera el uso de hechicería. Las distorsionadas vivencias de la muchacha, son leídas con la indiferencia del inquisidor, más preocupado por las riñas y politiqueos de la ya clásica disputa entre agustinos y dominicos. Un instante histórico en Salamanca, en que las ideas del progresista Fray Luis de León, se enfrentaban con las concepciones religiosas conservadoras de sus compañeros. Las denuncias de Fray Bartolomé, llevaron a Fray Luis a manos de la Inquisición, anclada en la rigidez y dogmatismo del Medievo; y pudieron habernos vetado el legado de un defensor de los derechos humanos, ligado a la revolución humanista del Renacimiento.

Desertor

Carlos Ortega Pardo

A un siglo ya de su estallido, la Primera Guerra Mundial sigue despertando el interés, incluso la fascinación —bien histórica, bien meramente morbosa— de miles de personas en todo el mundo. Puerta de entrada —portazo más bien— al siglo XX, la combinación de armamento moderno y unas tácticas militares ancladas en las guerras napoleónicas, tuvo como resultado una sucesión de carnicerías como nunca antes se había visto. En el horror que todavía hoy produce radica buena parte de la antedicha fascinación un tanto enfermiza. Hay algo en la Primera Guerra Mundial que me resulta especialmente llamativo. Ello es la enorme dificultad —por no decir imposibilidad— para investir de legitimidad moral a cualquiera de los bandos. Si bien es cierto que en la mayoría de conflictos no hay tanto «buenos» y «malos» como víctimas y victimarios, no lo es menos en éste que nos ocupa, donde dicha dicotomía parece darse en el seno de cada bando. Así, en todas las naciones contendientes topamos con la misma connivencia nefasta entre un alto mando manifiestamente incompetente y una monarquía tan ciega como anacrónica. Complicidad de ineptitudes que convertirá Europa en un matadero de inocentes. Es precisamente esa dialéctica cruel lo que pretendía reflejar en «Desertor». Espero haberlo conseguido, o, al menos, no haber quedado demasiado lejos de mi meta.

El rey Aurelio I, Orélie Antoine de Tounens: ¡un francés loco de atar!

Isabel Hernández

En noviembre de 1860 se instauró la monarquía de Antoine I en la Patagonia, y los republicanos de uno y otro lado de la cordillera de los Andes pensaron que el francés estaba loco. Pero en aquel entonces todos lo estaban: la guerra sin cuartel, en medio de las miserias los fortines argentinos y chilenos, se había instaurado como una locura sin respiros ni fronteras.

La coronación contó con las más connotadas autoridades mapuche: Kilapan, Montril, Kilaweke, Kalfouchan, Mariwan, Kolikeo, Meliu, Wenchuman y otros jefes alzados de más al sur. Todos ellos estaban liderados por el lonko Kalfukura e integraban del Consejo de Guerra de la Nación Mapuche. El Pueblo Mapuche todavía recuerda al Rey francés como un predecesor, ya que hace dos siglos supo entender las razones de la diversidad y la autonomía.

En numerosas ocasiones, Orélie Antoine de Tounens estuvo en las Salinas Grandes, bastión del Ñgidol Toki Juan Kalfukura, hasta que en junio de 1873 murió el lonko Piedra Azul. Su última orden fue la de no abandonar Carhué a los republicanos, pero su hijo y heredero, el lonko Namunkura, no supo complacerlo. Fue justamente por aquellos parajes donde Julio Argentino Roca estrenó años más tarde su Campaña del Desierto y, cuando ordenó avanzar a su ejército, sabía que asolaría las Salinas Grandes y terminaría en Choele Choel, el lugar recóndito por el que la Confederación Mapuche traficaba en secreto el ganado y la sal desde Argentina hacia Chile.

Otro heredero de aquellas historias, es Philippe Paul Alexandre Henri Boiry, descendiente de Orélie quien vive actualmente en el castillo museo de Le Chéze, en el condado del mismo nombre del territorio de la Dordogne. Allí se encuentra la corona del Roi d'Araucanie et de Patagonie. El octogenario señor Boiry se considera el Prince Philippe d´Araucanie, aunque sus múltiples pleitos con la justicia gala muestran lo contrario.

Piedra verde

Eva Martínez Bajo

Este relato está ambientado en un yacimiento neolítico de la zona del Vallés oriental llamado Bòbila Madurell, en Catalunya, cerca del lugar donde vivimos. Escogí esté yacimiento porque lo visité durante su excavación, ya que mi marido es arqueólogo y trabajó en él. Toda la información de la forma de vida de este poblado la saqué de las investigaciones de mi marido y sus compañeros de trabajo.

La hermana del protagonista nació con fisura labio-palatina, conocida comúnmente como labio leporino. Mi hijo pequeño nació con esta malformación. Por suerte en nuestro país es una patología que no genera problemas, pero en otros países, aún hoy en día, muchos niños mueren porque sus cuidadores (madres, padres u orfanatos si son niños abandonados) no saben darles de comer. Estos bebés deben comer sin que se les vaya el alimento por el agujero del paladar y se les salga por la nariz, con lo que sólo les llega una pequeña parte de la leche al estómago. Si no se les ayuda, con jeringuillas o sonda, mueren de inanición.

Un cuento, dos relatos (I). El hada del gran río

Xiomary Urbáez

La literatura es la forma más hermosa de perfilar la condición humana y también de conocer la historia como si estuviéramos en el más maravilloso cuento de hadas.

«El Hada del Gran Río», recrea el encuentro, en una noche de luna llena a orillas del Casiquiare, de los jóvenes Humboldt y Bonpland, considerados como los pioneros de la geografía moderna universal, con una hermosa hada caribeña que, para sorpresa del par de exploradores, formados en el espíritu científico, les invita a soñar. La búsqueda del brazo conector entre el Orinoco y el Amazonas se convierte en el suceso que da origen al relato. La bella aparición se mimetiza con el majestuoso paisaje del bosque tropical y, como en todo cuento de hadas, urge a los protagonistas a superar tres pruebas. Entre adivinanzas, polvo de hadas, corrientes salvajes, heladas pozas, helechos y orquídeas, la exuberante naturaleza hace sentir su ameno tono y los mozos aprenden a escuchar.

La moneda del diablo

Jesús Javier Corpas Mauleón

Mi narración «La moneda del diablo», mientras describe con exactitud la Pamplona del siglo XVII durante la guerra de los treinta años, cuenta una historia de amoríos, capa y espada, y misterio. Influyeron en ella, tanto una noticia publicada por *Diario de Navarra*, como un legajo del Archivo Diocesano de la capital del Viejo Reino, siendo, aunque verosímiles, ficticios los personajes y sucesos.

Sin embargo todos los edificios y locales protagonistas de la obra existían realmente. También vestidos, armas, leyes, y costumbres son los propios, habiendo, eso sí, un guiño literario sobre un autor moderno que invito al lector a descubrir.

Como curiosidad añadiré que mi morada formó parte de aquel antiguo palacio, luego convento, después hospital, y más tarde cuartel, de tanta importancia en lo escrito; y en una vivienda que aún conserva sillares y losas de aquel tiempo, por lo que igual el relato me lo han dictado esas antiguas e historiadas piedras durante la noche, ya que allí se encontró la misteriosa moneda de oro del Virreinato del Perú...

El peso del uniforme

Ricardo Aller Hernández

«Tener el poder implica estar solo, teniente». Esas palabras resuenan una y otra vez en la cabeza de Saturnino Martín Cerezo, sobrepasado por la responsabilidad de tener que tomar una decisión de la que depende la vida de una treintena de hombres: aceptar la rendición y salvar a los soldados que desde hace trescientos treinta y cuatro días resisten en penosas condiciones el asedio filipino en la iglesia de Baler, o derramar su sangre en defensa de una nación que ya les ha olvidado y de cuya gesta solo quedará el recuerdo de una placa conmemorativa, colocada por el Comité Histórico de Filipinas en 1939 en la entrada de la iglesia donde aquellos valientes arriesgaron sus vidas:

«Una guarnición española de cuatro oficiales y cincuenta soldados fue sitiada por los insurgentes filipinos entre el 27 de junio de 1898 y el 2 de junio de 1899. Los ofrecimientos de paz, las peticiones de rendición y los intentos de convencer a los sitiados de que España había perdido las Filipinas fueron rechazados hasta en cinco ocasiones, quedando la iglesia como único lugar donde aún ondearía la bandera española en todo Luzón. Catorce hombres murieron como consecuencia de las enfermedades, dos fueron ejecutados, dieciséis resultaron heridos y seis desertaron. Tal demostración de valentía sería reconocida por el general Aguinaldo en documento oficial hecho público en Tarlac el 2 de junio de 1899».

La famélica legión

Arkaitz Lemur

Cuando hablamos de Historia solemos olvidar a las personas que de verdad la han escrito; reduciendo su existencia a ser «seguidores de». Cuando hablamos de la España de los 30 nos acordamos de Franco y de Negrín. No he encontrado aún un libro de texto que me hable de un obrero fusilado a las cuatro de la mañana. Y los hubo. Va por ellos.

Presentación
de los autores

Jose Luis Molinero Navazo

El hombre de Castelnuovo

Jose Luis Molinero Navazo es licenciado en Sociología especializado en Polemología (sociología de la guerra). Es doctor en Ciencias Políticas y Sociología con una tesis doctoral que estudió el proceso de transformación de las fuerzas armadas españolas entre los años 1975-2000. Como escritor de ensayo, tiene en su haber la publicación de una veintena de artículos científicos centrados en diversos aspectos de la historia y la sociología militar. Imparte conferencias de su especialidad en foros civiles y castrenses. Fue secretario técnico en las XIII Jornadas Nacionales de Historia Militar *La época isabelina y la restauración*, y en las XIV Jornadas Nacionales de Historia Militar *El General Castaños y su época 1757-1852*. Además de ser el responsable de la edición del texto con las conclusiones de ambos congresos, podemos destacar sus libros: *Educación para la Paz*; *Evolución y actores de los sistemas políticos*; y *Politeia para el aula*.

Como escritor creativo, en el año 2014 ha ganado el Concurso de Microrrelatos organizado por la asociación de escritores (ACEN); también ha sido seleccionado para publicación en el I Concurso Relato Corto Policíaco; en el I Concurso de Relato Corto de Ciencia Ficción; en el II Premio de Microrrelato *Soy Feliz con...*; y en el I Premio de Microrelatos Eróticos *Sensaciones y sentidos*.

Miguel Páez Caro

El mercenario y el libro

(Ibagué, 1973). Docente y escritor colombiano. Estudió Filosofía y Letras en la UPB de Medellín y Maestría en Filosofía en la Universidad del Valle. Fue finalista del Concurso de la Sociedad de Poetas Valle-caucanos (Jamundí, 2007) y del Festival Internacional de Poesía de Cali (2008). Recibió reconocimiento por su poemario *Pentagramas en palo de rosa* en el concurso realizado por la *Revista Katharsis* (Toledo, 2009). Algunos de sus relatos fueron publicados en el volumen titulado *Narraciones 2003-2007*.

Su obra poética y narrativa nace de los recuerdos de la infancia y de sus múltiples viajes a través del país, logrando retratar el espíritu de la abigarrada región andina a la que pertenece, así como las costumbres de sus pueblos y ciudades. Su interés por Cali queda evidenciado en el libro *El Peatón* (2008), en el que intenta mostrar otra faceta de la ciudad. Muy importante en su tarea como escritor ha sido, además del espíritu de las agrestes montañas tolimenses, el contacto con el Caribe y, en especial, con la ciudad de Cartagena, lugar al que intenta describir en algunos de sus relatos y en el poemario titulado *Alma de Getsemaní* (2010). También ha incursionado en el ensayo, en especial sobre la relación entre literatura y memoria histórica, tema con el que participó en el Simposio Internacional de Literatura de la Universidad Central (Bogotá, 2010). Actualmente está radicado en Cali, en donde, además de escritor, ejerce como docente e investigador.

Rosa García Cachán

Cambio de planes

Rosa García empezó a escribir por contar historias, por disfrutar, por tratar de construir algo interesante, porque le resultaba más fácil escribir que hablar. Escribiendo y retándose a sí misma se atrevió a participar en un certamen de relatos y luego en otro... Contando, disfrutando, sus relatos ya forman parte de catorce antologías de concursos convocados por Ediciones Saldubia, Acem, Orola, Mecenix, Portilla, Cardeñoso y Diversidad Literaria, entre otros.

A medio camino entre los bosques encantados de la cordillera Cantábrica y la austera meseta de Castilla «la vieja», su prosa, amable y rotunda, refleja la concreción de la tierra y de su trabajo como docente, a lo que añade una chispa de luz verde de montaña para que lo relatado, además de estar perfectamente claro, emocione.

Ricardo Giraldez

El símbolo de lo enorme

Ricardo Giraldez nació en 1970 en la Ciudad de Buenos Aires, Argentina. Fue Mención de honor en el

Concurso Internacional de Ensayo celebrado en la ciudad de Rosario por «El hombre moderno» (2004). Premio finalista en el I Premio *Palabra sobre Palabra* de Relato Breve 2013, por «Un cuento de hadas». Seleccionado para Calabazas en el Trastero: Especial Mitos de Cthulhu por «La transfiguración» (2013). Seleccionado para las Antologías de Editorial Red Literaria por «Los faros del fin del mundo» (2013). Finalista en el III Concurso de relatos Punto de Libro 2013. Mención de honor en el XL Concurso Literario *Cultura en Palabras* 2014 por «La isla de las Tortugas». Seleccionado para la Antología de Microrrelatos *Otoño e invierno* por «Afinidades» (2014). Seleccionado para el Concurso *Pensamientos para la Eternidad* por «Aqua Vitae» (2014). Seleccionado para el I Concurso Relato Corto de Terror, por «Descensus ad Inferos» (2014). Publicación del relato «Serafina» en el número 256 de la *Revista Axxón* (2014). Seleccionado para el I Concurso Historias Breves *La Mar y sus Gentes*, por «Una ilusión del mar» (2014). Mención de honor en el XLII Concurso Internacional de Poesía y Narrativa *Unidos por la palabra* 2014. Seleccionado para el I Certamen Internacional de Relato Erótico *Venus de Noche* por «La amante de los espíritus» (2014). Seleccionado para el Concurso Literario 2014: *Libro de Selección de Cuentos infantiles y para Adolescentes*, por «La Ciudad de los Sueños» (2014). Seleccionado para la II Convocatoria Internacional de Cuento Corto Libróptica por «La voz» (2014). Publicación del relato «El Orador» en el número 91-92 de la *Revista Literaria Baquiana* (2014). Entre sus libros publicados figuran *El Inadaptado* (2007) y *Cuentos Modernos* (2012).

Luis Collado Huertas

Cum tempore

Luis Collado Huertas nació en Badajoz (España) un 12 de junio de 1994. Cursa los estudios primarios y secundarios en el Colegio Santa María Assumpta, donde recibiría la totalidad de su formación académica y conocería a las primeras personas que formarían parte de su vida, hasta graduarse como bachiller en el mismo colegio. Su familia le contagió la pasión por la literatura y desde pequeño se enfrascó en la lectura y creación de sus propios relatos e historias, que aunque no fueron dados a conocer, le ayudaron a tomar experiencia en el campo literario. Compaginaba sus estudios y la escritura con sus otras pasiones: la música, el cine y el deporte, practicando karate durante toda la adolescencia y parte de su infancia. Actualmente ocupa la mayor parte de su tiempo en Salamanca, como estudiante de Psicología en la Universidad Pública. Recientemente decidió presentar algunas de sus obras a concurso, para darse a conocer en el mundo literario, al que siempre se ha sentido vinculado, siendo un estudioso de los grandes clásicos de la literatura.

Carlos Ortega Pardo

Desertor

Carlos Ortega Pardo nace en Albacete en 1983. Siendo niño, su familia se traslada a Valencia, ciudad en la que actualmente reside.

Licenciado en Ciencias Políticas, entra a trabajar en el gabinete de comunicación de un partido con representación parlamentaria. Sin embargo, su escaso entusiasmo, tanto por las labores que se le asignan como por la propia política, no tarda en conducirlo por muy diferentes derroteros profesionales. A día de hoy se desempeña como profesor y traductor.

No obstante, son el cine y, sobre todo, la literatura, sus dos grandes pasiones. Lector empedernido, escritor hasta donde su memoria alcanza, y esforzado cinéfilo, conjuga ambas aficiones en la frecuente publicación de críticas cinematográficas.

Giacomo, su primera novela, de reciente publicación, se encuentra ya en el mercado. Ha cultivado también el relato de género, el microrrelato y la poesía, viendo incluidos bastantes de sus escritos en variadas antologías y revistas literarias.

Isabel Hernández

> *El rey Aurelio I, Orélie Antoine de Tounens:*
> *¡un francés loco de atar!*

Isabel Hernández nació en Rosario (Argentina), hija y nieta de migrantes españoles. Es antropóloga y ha dirigido numerosos proyectos de docencia e investigación en diversos centros académicos y universidades de Latinoamérica. Se desempeñó en varios organismos de las Naciones Unidas (UNFPA, CEPAL, OIT, UNESCO y FLACSO). Ha publicado libros de ciencias políticas y sociales, así como artículos científicos traducidos a distintos idiomas.

En Argentina perteneció al Consejo Nacional de Investigaciones Científicas (CONICET) con carácter de investigadora principal. Su última obra científica es una coedición de la Comisión Económica para América

Latina y el Caribe (CEPAL) y Editorial Pehúen-Chile titulada: *Autonomía o Ciudadanía Incompleta: El pueblo Mapuche en Chile y Argentina*, la cual le ha reportado distinciones internacionales. En España ha publicado en la Colección Universidad de Barcelona-Fundación Mapfre América-1492, y en otras editoriales de sello antropológico. Como narradora de ficción publicó en Buenos Aires su primer volumen de relatos *Al mundo nada le importa* (2009), Grupo Editor Latinoamericano y posteriormente en Santiago de Chile las novelas *Antes de la Fuga* (2011), Editorial Cuarto Propio y *El Esplendor de la derrota* (2012), Ceibo Ediciones. Ha recibido reconocimientos literarios internacionales: El Primer Premio Editorial Ábaco, Madrid-España; X Certamen Internacional Contextos-Secretaría de Cultura de la Nación Argentina; Concurso Leopoldo Marechal, Buenos Aires; IV Certamen Internacional Premis Constantí, Tarragona-España; ESPACIO Y, Buenos Aires y LAGUNAS-ArsCreatio, Valencia-España.
Actualmente reside en Santiago de Chile.

Eva Martínez Bajo

Piedra verde

Nacida en un barrio de Barcelona, hija de madre separada y con dos hermanos mayores, empezó a trabajar como auxiliar contable, mientras cursaba bachillerato.

Su afición a la escritura nació cuando quedó finalista en unos juegos florales del instituto, con sólo 14 años y compitiendo con alumnos de 18. Su profesora la animó a continuar haciéndolo. Y así lo hizo.

Se presentó a varios certámenes literarios, recibiendo una mención especial del jurado en uno de ellos.

Actualmente trabaja como contable, es presidenta de la *Associació Fícat* (asociación de afectados de fisura labio-palatina de Catalunya), vive en Cerdanyola del Vallés, cerca de Barcelona, está casada y tiene dos hijos.

Xiomary Urbáez

Un cuento, dos relatos (I). El hada del gran río

Xiomary Urbáez es una escritora venezolana. Se graduó en Bachelor of Arts, mención Audiovisual, en St. Petersburg Junior College (1983), Florida, USA. Es licenciada en Comunicación Social, mención Desarrollo Comunal, de la Universidad Católica Cecilio Acosta (1998), estado Zulia, Venezuela. Tiene un Diplomado en Comunicación, Medios y Política (2010-2011) de la Universidad Católica Andrés Bello-Centro Gumilla.

Ha experimentado con todas las facetas del periodismo en su país, destacándose en el área de la producción audiovisual. En medios impresos ha sido redactora en periódicos y revistas. Como periodista institucional, ha ejercido como directora y gerente de Relaciones Públicas y Comunicación en el sector público y privado. Ha sido asesora *freelance* y ha desarrollado campañas políticas y de marketing en el sector privado. Como docente, actualmente dicta las cátedras de Idiomas II y Gerencia de la Comunicación en la Universidad Fermín Toro, en Barquisimeto, estado Lara. Su primera novela, *Catalina de Miranda*, fue finalista del Premio Iberoamericano de Narrativa Planeta-Casa de América 2012. *Catalina de Miranda* va por su tercera edición en las librerías venezolanas. En el 2013, Planeta Venezolana, publicó su primer libro infantil titulado *El Viaje de Emma*, obra perteneciente a su recién inaugurado catálogo Planeta Lector, ala educativa de la editorial.

Jesús Javier Corpas Mauleón

La moneda del diablo

Jesús Javier Corpas Mauleón, natural de Estella, Navarra, se formó en el centro Nuestra Señora del Puy de dicha localidad, y en las universidades de Navarra y Zaragoza, siendo colegial del Mayor Universitario Cardenal Xavierre de la capital aragonesa. En la actualidad es empresario del sector de tecnología quirúrgica.

Hasta la fecha ha publicado una treintena de trabajos, tanto en revistas especializadas, como *Serga Historia del Siglo XX*, *Española de Historia Militar*, *Ares*, o *Razón Histórica*, donde además es miembro del Consejo Científico; en otras de información general, tal que *Calle Mayor*; y en periódicos de la importancia de *Diario de Navarra* o *La Gaceta* o medios digitales como *Blasting News* o *Navarra Confidencial*. Ha dado charlas en los prestigiosos Instituto de Estudios Históricos de la Universidad San Pablo-CEU de Madrid, Club de Prensa Asturiana La Nueva España de Oviedo, Club de Lectura de Diario de Navarra en Pamplona, o Aula Cultural de El Corte Inglés, entre otros, incluyendo televisiones y radios.

Tiene editados sus libros *Guerreros*, *Los Espartanos Australes*, y *La Quinta Carta*; y relatos en las obras colectivas *Antología del I Concurso de Relato Breve*, por haber sido premiado en el certamen Letras con Arte.

Ha recibido la Encomienda de Caballero de Santiago-Marqués de las Amarillas, y la Cruz de Honor de la Asociación de Miembros de las Fuerzas de Defensa y Seguridad Europeas, entre otros reconocimientos.

Ricardo Aller Hernández

El peso del uniforme

Ricardo Aller Hernández, nacido en Murcia el 20 de septiembre de 1977. Licenciado en Administración y Dirección de Empresas por la Universidad CEU San Pablo, es funcionario de la Administración General del Estado y de la Comunidad Autónoma de la Región de Murcia.

Ganador del I Certamen Cultural THELunes 2009 y del Premio del Relato Sin Fin de THELunes 2010; 2.º premio en el VII Certamen de Narrativa sobre los Valores Cristianos de la Navidad 2012; 3.er premio en el X Certamen Narrativa Breve de la Asociación Canal de Literatura 2014; 2.º accésit en el II concurso Plazuela de los Carros 2013; y finalista en el I Concurso de relato ciudad de Torrevieja 2011, el I Concurso de relato AEN y el I Concurso Internacional Abadía del Perfume 2013.

Tiene relatos publicados en la revista *THELunes*; en la antología de relatos históricos del IV Concurso Hislibris (Editorial Evohé); en el libro *Humor sobre la Administración y la Universidad* del I Certamen Internacional Sonrisa de Quevedo; en la recopilación del I Concurso de Relato Breve de la Asociación Española de Neuropsicología; en la antología de relatos del

I Concurso Internacional Abadía del Perfume; en la recopilación del I Concurso de Misterio y Suspense de E-Reader 2013; en la del II Concurso Plazuela de los Carros 2013; en la Antología del X Certamen de Narrativa Breve de la Asociación Canal de Literatura 2014 (Editorial Consejería de Cultura de Murcia); además de un microrrelato en el libro *Cuentos alígeros*, III Premio Algazara (Editorial Hipálage).

En la actualidad dirige el programa de radio IMAS PALABRAS en Onda regional de Murcia. Además, tiene uno sobre baloncesto en www.videoscbmurcia.es.

Arkaitz Lemur

La famélica legión

Decía Gabriel Celaya que la poesía es un arma cargada de futuro. Sabiendo de qué color es el cielo hoy; que no es muy distinto del de épocas pasadas, aunque los antiguos lo llamaran con otro nombre; no nos queda más remedio que utilizar la voz, la poesía, la palabra, para independizarnos. Es decir, para recuperar la cultura que es indudablemente el medio más rápido (si no el único) de alcanzar la libertad. No dejemos que nos digan que el cielo es azul; porque aunque lo sea, nos estarán engañando.

Nota final

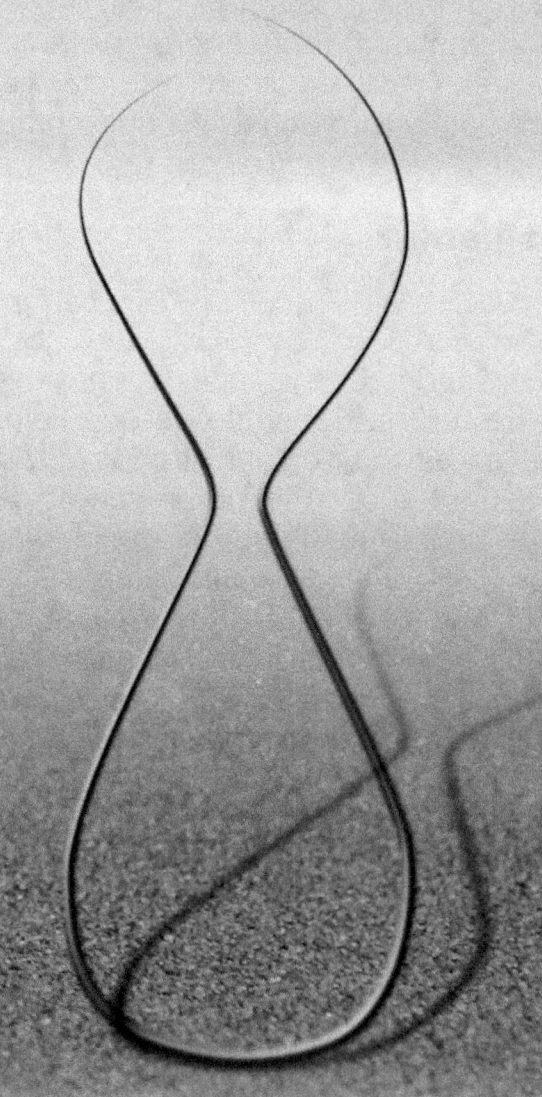

Las ilustraciones que aparecen en este libro se han elaborado a partir de imágenes de dominio público o han sido creadas ex profeso para la obra.

Siempre que ha sido posible, se han usado fragmentos o imágenes completas de obras que forman parte del Patrimonio Cultural, como fotografías, obras pictóricas, libros, etc., siendo los personajes o los acontecimientos narrados, determinantes en la elección de cada obra.

En la siguiente relación se indican las obras usadas para las ilustraciones y en sus títulos se han incluido los enlaces originales que le permitirán visualizar en la web la imagen original.

El hombre de Castelnuovo

Ciudad de Castelnuovo (Golfo de Cátaro).
Grabado en cobre, acuarela, de Pierre Mortier (1661-1711), alrededor del año 1700. *Atlas Moderne ou Collection De Cartes Sur toutes les parties du Globe Terrestre*, Jean Lattré y Delalain, Paris 1787.

El mercenario y el libro

Diálogo de Galileo Galilei.
Edición de Florencia, impreso en 1710. La copia se encuentra en la colección de libros raros de Tom Slick en la biblioteca del Instituto de Investigación del Suroeste en San Antonio, Texas.

Cambio de planes

Doña Isabel la Católica dictando su testamento.
Óleo sobre lienzo de Eduardo Rosales Gallinas (1864). Museo Nacional del Prado, Madrid, España.

El símbolo de lo enorme

Gilles de Laval, sire de Rais, compagnon de Jeanne d'Arc, Maréchal de France (1404-1440).
Óleo sobre lienzo de Éloi Firmin Féron (1835). Galeria de los Mariscales de Francia, Palacio de Versailles.

Cum tempore

Esta ilustración toma como referente varias obras pictóricas de diferentes periodos y artistas:
Mujer escribiendo una carta.
Óleo sobre lienzo de Frans van Mieris el Viejo (1680).
Mujer escribiendo una carta a la luz de las velas.
Óleo sobre lienzo de Frans van Mieris el Viejo.
Mujer escribiendo una carta.
Óleo sobre lienzo de Gerard ter Borch (1655).

La Magdalena leyendo.
Óleo sobre lienzo de Rogier van der Weyden (hacia 1438). National Gallery de Londres.

Desertor

Fragmento de la fotografía Regimiento de Cheshire durante la batalla de Somme (Julio de 1916).
Autor John Warwick Brooke.

El rey Aurelio I, Orélie Antoine de Tounens: ¡un francés loco de atar!

Fotografía de Orélie Antoine de Tounens.
Autor y fecha desconocidos.

Piedra verde

Composición propia. El collar de variscita se ha realizado a partir del hallado en Sant Genis de Vilassar (Museu Arqueològic de Catalunya) y los restos humanos recrean un enterramiento neolítico de Can Gambús 2 (Sabadell, Barcelona).

Un cuento, dos relatos (I). El hada del gran río

Alexander von Humboldt y Aimé Bonpland en la selva amazónica.
Óleo sobre lienzo de Eduard Ender (hacia 1850). Berlin-Brandenburgische Akademie der Wissenschaften.

La moneda del diablo

Un lance en el siglo XVII.
Óleo sobre lienzo de Francisco Domingo Marqués (1866). Museu de Belles Arts de València.

El peso del uniforme

Fotografía de los supervivientes del destacamento de Baler.

Fotografiados el 2 de septiembre de 1899 en el patio del cuartel Jaime I de Barcelona (actualmente uno de los campus de la Universidad Pompeu Fabra) a su llegada a la península. Autor desconocido.

La famélica legión

Composición que toma dos fragmentos de la fotografía:

Rendición de milicianos republicanos en Somosierra, Madrid, España.

Autor desconocido.

Segunda parte:

www.editarx.es

editarx@editarx.es

Síguenos en Facebook, Google+, Vimeo y YouTube

www.ingramcontent.com/pod-product-compliance
Lightning Source LLC
Chambersburg PA
CBHW070515260626
47161CB00004B/1560